星星上的花 2

烟罗／作品

你好，彦一。
我叫封信，是个
医生，彦先生给
我看过你的病历。
封医生是
C城名中医
……

安之说的
那个封信？
你就是封信？

我应该……
就是那个封信。

我带来的

大家好，打扰了。我是程安之的家属。

哗然！

云蔚雪喜欢龚奥鹏
咦，那是什么？！
你也想过这么干吗？
想过，但是不敢……
程安之，幸好当年你没这么做。
转身
云蔚雪喜欢龚奥鹏
安之，幸好你当年没对我表白……
把这个机会留给了我。

愿有一天，这星球上所有为爱而生的伤痕，皆被治愈。

烟罗 / 作品

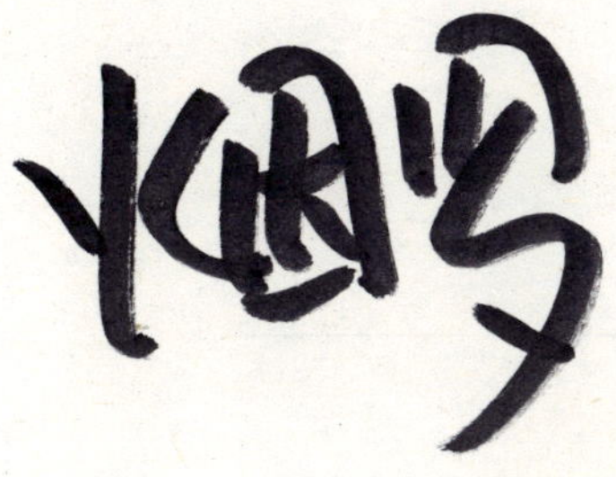

星星上的花 2

图书在版编目（CIP）数据

星星上的花. 2 / 烟罗著. —石家庄：花山文艺出版社，2015.3

ISBN 978-7-5511-2248-1

Ⅰ. ①星… Ⅱ. ①烟… Ⅲ. ①长篇小说－中国－当代 Ⅳ. ①I247.5

中国版本图书馆CIP数据核字（2015）第045463号

书　　名：星星上的花2

著　　者：烟　罗

策　　划：张采鑫

责任编辑：董　舸

特约编辑：廖　妍

美术编辑：许宝坤

责任校对：齐　欣

封面设计：刘　艳（树果）

内文设计：刘　艳（树果）

出版发行：花山文艺出版社（邮政编码：050061）

（河北省石家庄市友谊北大街330号）

销售热线：0311-88643221/29/35/26

传　　真：0311-88643225

印　　刷：长沙鸿发印务实业有限公司

经　　销：新华书店

开　　本：889×1194　1/32

印　　张：9

字　　数：245千字

版　　次：2015年4月第1版

2015年4月第1次印刷

书　　号：ISBN 978-7-5511-2248-1

定　　价：28.00元

[目 录]

[目 录]

[目 录]

第一章

Flower• 漩涡

那漩涡，缓慢静默，如同一场幻想电影，仙女、彩色海藻和小人鱼都转动着、转动着，一切美丽而充满诡异。海面上的少年驾着白帆，即将远航，但那暗处的漩涡却想将他拖入海底。

“紫苏，性辛温。能散寒解表，行气宽中……”小小的少年自然地背诵出医书上的知识，声音沉稳，像个学究。

[楔子·蔷薇谢幕]

蔷薇过世十年后。

江南的春天总是如水洗般湿润，黏稠的空气挡不住孩子们嬉春的脚步。

一场薄薄的晨雨过后，两个孩子一前一后奔出山间那排灰色的庙宇禅院，像灵活的松鼠一般，朝齐腰深的草丛里钻去。

每年的这个时候，山顶上艳丽的山花、老树皮上长出的蘑菇，还有各种新鲜的野菜野果，都会成为十一岁的小姑娘封寻乐园寻宝的目标。

她一旦确认脱离了爷爷的视线，就兴奋得如同上了树的松鼠，欢呼着朝山顶奔去。

高高甩起的小马尾像调皮的小风车。

紧跟在她身后的，是她的双胞胎哥哥封信。

同样的年纪，封信看起来却比封寻沉稳许多。虽然急速地爬上山顶让他俊秀的小脸微微浮上了细汗，然而他的眼神却时刻追随着调皮的妹妹，目光里有着十一岁的男孩儿少见的温和。

“咦，这是奶奶做的鱼汤里放的香料啊，晚上和尚爷爷要做鱼吗？”玩耍了一阵后，封寻跑向哥哥，恶作剧般突然夺过他手中的一把叶子，小小的鼻子闻到熟悉的清香。

她细软的发丝上沾上了一些红色的花瓣，圆圆的眼睛笑得光彩四溢。

“别乱说，爷爷听到会批评你的。”封信伸手摘掉妹妹头上的一片花瓣，顺手轻轻敲了一下她的额头。

“你忘了吗？这也是一种药材。”

“这也是药材？”老天，一听到“药材”二字，封寻就头皮发麻。

“紫苏，性辛温。能散寒解表，行气宽中……”小小的少年自然地背诵出医书上的知识，声音沉稳，像个学究。

一侧头间，他却看到妹妹偷偷做起的鬼脸，不禁一怔，继而笑出声来。

“好了，难得出来，咱们不看药，只看花。”他对她讨好道。

而半山腰的禅院里，佛堂上香烟袅袅，诵经阵阵，环绕着高高在上的金身法相，庄严祥和。

六十五岁的老中医封柏南安静地跪在蒲团上，一段长长的诵经过后，他慢慢抬起已经花白的头，目光越过长明灯的微光，落在远处那一堆密密麻麻的往生牌上。

为逝去的亲人，在佛前点盏明灯，是虔诚的人们常做的祈愿。

而那些已经消散在尘世的名字里，他知道，至少有一个与他有关。那个名字，是一种美丽但带刺的花朵。

蔷薇。

许蔷薇。

封信和封寻的妈妈。

曾经，他们是多么美满的一家人。

变故，始于十年前。

他清楚地记得那一天，儿子封华从医院里打来电话。一向沉稳有主见的封华，在电话里失控地号啕，向他求救。

他身为名中医，那时已救人无数，声名满天下，但留学归来的唯一儿子却选择了从商，并且生病只去西医院。

还有，封华在留学期间相识相爱约定携手一生的妻子许蔷薇。

初时，小小的分歧并不曾带来家庭的暗涌，封信和封寻的出生，更是为所有人平添了巨大的满足与喜悦。

然而，在两个孩子一岁生日后的第二天，蔷薇突发急病，送入医院，随即陷入原因不明的深度昏迷。

抢救到第三天，封华接到消息，蔷薇生死悬于一线，医院表示无力回天，要家属随时做好心理准备。

两个孩子不明世事，一时笑得天真一时哭得撕心裂肺，封华方寸大乱形若疯癫。他看在眼里，焦躁得一夜间头发白了一半。

关心则乱。他十余岁随师在乡间行医，这一生上至政要，下至村夫，什么样的生死争夺没见过？只是这一局，却是他至亲。

但，他是个医者，华夏几千年的医者文化融在他的骨血里、他的字典里，面对病人，没有“放弃”。

天亮后，他已查遍医案，开出药方。

在蔷薇的病床前，他曾严肃地问过封华，是否决定一搏。

封华抱头号泣，不停地哭喊“我不知道”。

他知已无法再等，最后一次，他把了把蔷薇的脉，面色庄重地开始给她喂自己亲手煎出的药汁。

两小时后，蔷薇自深度昏迷中苏醒。

然而十小时后，她再次闭上了眼睛。

这一次，再没醒来。

蔷薇的葬礼后，封华疯狂地砸坏了父亲医馆里一切能砸坏的东西。

从此后，父子俩形同宿敌。

十年来，封柏南和老伴一起抚养着封信和封寻，每年清明前后，他会带着他们来这间禅院住上几天。

这里供着蔷薇的往生牌，常年为她点着一盏烛灯。

他带孩子们来看妈妈，为她祈福。

门外传来熟悉的笑声，他还未来得及回头，身体就被人从后面猛地撞了一下，腰板生疼。

果然是小封寻。

小封寻眼见自己毛手毛脚撞到了爷爷，立刻吓得一溜烟躲到了哥哥身后。

没过几秒，她又偷偷伸出脑袋，继而笑嘻嘻地黏上前去，给爷爷揉揉刚才撞到的地方。

“一大早就溜上山玩儿了吧？”绷不住脸了，他问。

“山上开了很多漂亮的花儿，我还给奶奶摘了好吃的蕨子……”封寻机灵得很，一见阳光就灿烂，发现爷爷没生气，立刻眉飞色舞地说个不停，清脆的声音在佛堂里引起细小水波般的回响。

而封信则早已拉过一个小蒲团，学着爷爷的样子，默默跪拜起来。

封柏南看看两个孩子，脸上渐渐浮起舒心的笑意来。

四月的穿堂风带着江南山间特有的植物清香，吹过他们的身旁。

回想起来，那一年的春光，也算和煦安宁。

于是，珍爱膝盖的七春同学就癫狂了。

1. 孟七春啊满肚子都是胆

冬天的街景，已不知不觉中，浮起一点点嫣红，像害羞的姑娘，忙碌之余，偷偷为自己染上了一点儿春色。

明亮的橱窗里，高大的路灯上，绿化带里的植物们，私家车后窗露出的一角抱枕。

这些地方，都一点点换上了新年的喜庆色彩。

这一星一星的亮色为灰白的冬景增添了不少温暖，也重新勾起了人们对春节临近的期待。

这天是休息日，我因为想在过年前完成原定的那部分绘本计划，因而一早就起来继续工作。

虽然辞职后，我和七春一样成了自由职业者，但是居于同一屋檐下的我们，作息却完全不同。

用她的话来说，只有到夜黑风高时，她的灵感才如同雪崩。而到黎明破晓前，她就会如同吐尽丝线的春蚕，僵死在床上，直到夜幕降临再度复活。

而我则自认为是个俗人，没有艺术家那凛冽的气质。我仍然老老实实晨起而作，入夜而栖，完全保持了上班时的作息。

对我来说，除了工作地点变成家中，其他似乎一切照旧。

所以，当我开始坐在窗前，迎着早上八九点的阳光，在洁白的画纸上奋笔时，披头散发、双目乌青的七春突然重重地把头砸在了我的笔前。我难免因为意外而吓得手一抽，差点儿把马克笔捅进她的鼻孔。

“知道什么叫美人迟暮吗？”她幽幽地开口道。

我紧张地摸了一把自己的脸，不知道她在卖什么药。

“七春姐，我还没有嫁人，给我留条活路。”我哭丧着脸求饶。

我不就是最近有点儿劳心，生出了一点儿黑眼圈吗？也不至于就迟暮了吧。

她缓慢地伸出一根手指，在我面前摇了摇，那指尖上暗紫色的指甲油发出诡异的光。

“知道什么叫不作不死吗？”

我愣了一下，眨巴了一下眼睛。

“知道什么叫妖风四起吗？”

……

我忍无可忍地大喝一声，拿起笔作势要画她的脸。

七春终于销魂地发出一声娇软呻吟，顺势滑坐到地上，停止了胡乱用词对我心灵的摧残。

“程安之啊，这一切，说的都是我们家的老太后哪……”

一小时后，我和七春携手站在 C 城某国际百货前。

据七春说，她早上被尿憋醒的同时，刚好看到她家老太后，也就是她妈发来的信息，顿时吓得清醒了。

她妈告诉她，如果过年时不带一个最新款的某国际大牌包回来尽孝，就请在进门前献上膝盖，长跪别起。

同时附上了那个包的官网图片一张。

于是，珍爱膝盖的七春同学就癫狂了。

“因为发了七次春才怀上所以取名叫七春”的七春妈，我在中学时代见过几次，这次回来后还一直没见到。

记忆里，那是一个风驰电掣的女子，曾经是我们这些小纯洁眼里的传奇，更是七春的骄傲。

她活得充满了力量，充满了自我，充满了对人生张牙舞爪绝不放弃的渴望。

虽然人到中年时为情所伤，从此单身，但却丝毫阻止不了她的人生一路高歌精彩每一天。

所以，以五十“高龄”，命令女儿带一个名牌包回来，实在不是什么新奇事。

七春一边吐槽自己的老妈，一边全力以赴地杀向某专卖店，不由得让人觉得孝感动天。我则被命令贴身跟上，作用是替她壮胆。

善解人意的我当然懂得，七春只有在一种情况下，会需要壮胆，而在其他的时候，她自称满胸腔满肚子全是胆。

那就是，钱不够的时候。

一个小五位数的新款名牌包，对她的积蓄来说，是岌岌可危的一次考验。

七春工作多年收入不错，但几乎不存钱，这大概是性格大条的七春妈没想到的。

所以，这时候，在她眼里热爱储蓄生活简朴的我，就成了她的速效救心丸。

我跟七春进了那个专卖店，她立刻像兔子见到了新鲜蔬菜一样扑了上去，在一排排精美陈列货柜前颤抖地伸出手做抚摩状，紧紧跟着的帅气导购顿时有一种脸默默绿了的感觉。

虽然也是第一次来，但我对时尚并不太了解，也没有这方面的需求，于是无聊地转了几圈，又看了看七春的架势，猜测可能半小时内她的眼里只看得见那些包包，于是决定先去其他店看看。

受到感染，我突然也想给我妈买点儿什么。

这是我回到C城后将过的第一个春节，因为之前封信的事，和父母有了隔阂争执，又不知如何修补，于是在购买年货上很是费了些心思。

但至今准备的，都是一些吃的用的保健的东西，并没有想过父母也不过五十出头，也会爱美。

我怀着微微的内疚之心，在隔壁店里买了一条漂亮的丝巾，刚出门，就被人猛地撞了一下，摔倒在地。

“你怎么走路都不抬头呀？”一个珠光宝气的中年妇女生气地冲我嚷嚷。

我坐在地上想反驳“明明是你突然从拐弯处冲出来的”，但抬头看到那张嚣张的脸，顿时感觉争也无趣。

赶过来的保安把我扶了起来。

就在这一瞬间，我的心脏突然传来一阵莫名的刺痛。

伴着眼前一黑。

像毫无防备地被人一把拉入海底，猝不及防间，周身被海水、黑暗和异样的轰鸣包裹，传递来巨大的恐惧。

几秒钟后，黑雾散开，我发现自己竟然紧紧抓着身边那个年轻的小保安的胳膊，而自己的手心满是冷汗。

那一刻，我的面色和举动一定有些异样，以至于那个原本趾高气扬的中年妇女都见势不妙准备开溜。

但我却完全不明白刚才那感觉是什么。

后来很多年陆续发生了一些事，让我渐渐发现，那并不是什么疾病，而是在封信遇到了某些危险的时候，我的一种预感。

但当时在商场里，我却只被这种稍纵即逝的不适感吓到。

直到七春惨叫着从店里奔出来扑向我，我才有了真实感。

她完全无视周围人的异样目光，大声地冲我叫喊着：“土豪安！姐姐血槽已空，快来帮我刷个零头！”

……

那晚分明人间宁静，四海温柔。

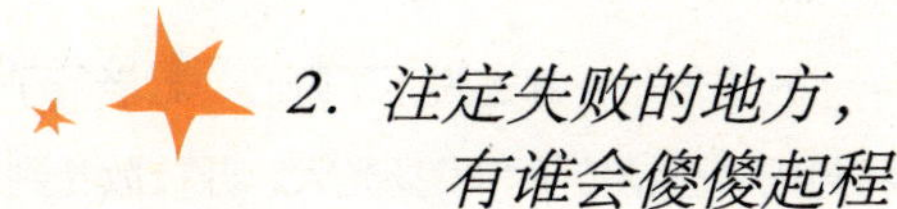

2. 注定失败的地方，有谁会傻傻起程

封家的医馆“风安堂”所在的地段，现在是C城最繁华的街区之一。

各种嘈杂的声音带着城市特有的浮躁和喧闹，扬起看不清的细细烟尘，缓慢飘浮在有些灰暗的冬日天幕下。

在清一色的花坛灌木点缀的单调城市风景里，风安堂门口的十余株蜡梅树，和它的建筑本身一样，显露出一种不动声色的清傲和沉静。

此时，正是梅花开放的时节，黄色的薄如羽衣的小小花朵在枝头兀自清雅，这看似纤瘦实则强大的植物，连香气也带着一种温暖却坚决的态度。

即使在这空气混浊的城市中心，也能未近其身，先闻其香。

我曾听七春八卦过，说这个地段现在房价不菲，她评价封家其实是真正的土豪。

但其实早在二十年前，封老爷子买下这一块地皮，初建起这座四层建筑时，它的周边，却还是蛙声一片的原始景象。

那时的封老爷子，名动江南，就连一方权贵约他看病，也要排队等候。

凡夫俗子，都逃脱不了野心，封老爷子的野心，就是以风安堂为中心，将封氏中医馆传承和发扬光大，开枝散叶到大江南北。

如果不是封信的妈妈突然过世带来巨大打击，或许现在的封老爷子，会是更风光的景象。

虽非本意，但已阑珊。

只是人最初的那点儿执念，始终如暗夜之灯，在角落里带来些许安慰。

因此现在的风安堂，在周边的商业地产已经开发得完全彻底的时候，仍然坚守着这一方净土，大概也是源于封老爷子的这点儿旧梦吧。

然而，此时此刻，我眼里所见的风安堂，却已非平日那般和煦景象。

远远地，就听见异样的喧闹，城市中心原本就整天被各种声音包裹着，形成一个闷闷沉沉的壳，但风安堂门口的声音和人群，却仿佛成了这个壳中突然伸出的一根尖刺，在麻木中带来一丝惊慌。

风安堂出事了，封信出事了。

“听说是封医生给人家孩子开药，把人家孩子治死了！”

“怎么会这样？封医生很有名啊！”

“现在的医生有几个不黑心的！听说不许人家把孩子往医院送，非要自己开草药，拍着胸脯说自己能治，结果……”

“我孩子一直咳嗽，还想找号贩子买个他的号试试呢……”

“封老医生不是都给大领导看病的吗？”

“那孩子真可怜……”

“这下医馆要关门了。”

……

我扒开人群冲进去。

身材颀长的男人穿着银灰的大衣，站在清冷的台阶下，弯腰对坐在地上的人说着什么。

坐在地上的一男一女深垂着头，看不清面容，手里抱着一小团东西，仔细一看是个孩子。

已经没有了生命体征的小孩子。

森森的冷气从四面八方包裹过来。

我一步步走近他们，感觉到似乎有人在用力拉我的衣服。

我顾不得回头。

“何欢。”我大声叫那个男人的名字。

他蓦地抬起头转向我。

是何欢。

我的妹夫何欢，封信的朋友何欢。

“你怎么来了？”他似乎有些意外，严肃的脸上出现了一丝困扰的神色。

但我的目光，却凝在了地上坐着的那对困苦悲伤的夫妻的脸上。

我见过他们的。

那个夜晚的片断，如幻灯片般在我眼前播放。

穿着脏得有些看不清颜色的旧棉衣的夫妻，抱着奄奄一息的小女孩儿，在医馆前苦苦哀求。

“求求你，医生！给孩子开点儿药吧……”哭泣的母亲抱着封信的腿，嘶哑的声音听起来在午夜里令人心碎。

“白血病……没有钱……孩子痛……”绝望的父亲捶打着自己的头。

“外面冷，不如先把孩子抱进来吧！”我脱口而出。

值班的小松护士焦急和反对的目光。

哦，就是那个夜晚，我和封信去了我们初遇的中学校园，然后被紧急电话催回医馆。

那晚分明人间宁静，四海温柔。

我有些呆滞地把目光移到他们怀里那张小小的脸上。

那天夜里，我还抱过她的。

她全身滚烫，高烧不退，始终不肯睁眼，却不时迷迷糊糊发出一两声小兽般的抽泣。

但是现在，她这么安静，安静得像一块小小的白石头。

“是他让我们吃他的药，是他说不要去医院……”坐在地上的男人似乎听不到周围的任何言语，也不需要与任何人交流，只是垂着头，机械地、高声地重复着这一句。

而女人抱着死去的孩子发出断断续续的悲鸣。

不，不是这样的。

我震惊地看着他们，胸口犹如被万千利箭穿透后又猛地被重锤击中。

你们为什么要这样说？！

我这才看见，医馆门口的水泥地上，用红色油漆写的“杀人医馆”几个大字，触目惊心。

而医馆大门洞开，原本整齐美观的药柜药阁，像遭遇了什么洗劫，珍贵的药材散落一地。

坐诊的医生和熟悉的护士大概都躲进了里间。

我想张口申辩，但却发现周围愤怒的声浪越来越高，围观的人群已开始骚动，有些女人脸上淌着眼泪。

我知道我这样的申辩出口，只会火上浇油。

孩子已经死去，而最后一个接诊过她的医生，无论做过什么，都是错。

悲伤、震惊、慌乱、愤怒、自责……无数种情绪像被打翻了的颜料盘，哗啦啦地混在一起，瞬间分不清楚。

我竟然在这种时候，想起了那一天和封信一起接诊了这个孩子后，晚上做的那个梦。

那个梦里，大海凶恶，海中有岛。岛上有小小的孩子在悲泣求救，但死亡对每一个人都露出狰狞的笑。

没有人能救得了她。

注定失败的地方，有谁会傻傻起程？

“只有一线希望，也会百分百付出努力去救治的医生，才是病人最期待的吧。”那个人这样说。

封信，他现在在哪里？

围观的人群外围突然传来一阵明显的骚动，医馆前坪本来是一些停车位，但因为站满了人，车已无法进出，场面混乱。

但此刻人群却奇迹般地分出一个缺口，露出了缺口那里一辆银灰色的轿车。

我一眼看见车牌，是封信的车。

每个人都比我更快。

原本蹲在四周的据说是孩子亲戚的十几个彪形大汉，像得到某种暗示一样，集体冲向了封信的车。围观的人群受到了感染，一下子疯狂骚动起来，将封信的车围了个水泄不通。

何欢不知道何时已经站在了封信的驾驶室门口，高声说着什么，就在他说话的同时，驾驶室的门开了。

一个穿着大红色羽绒服的年轻男人，顶着一头金黄色的乱糟糟的头发，敏捷地一撩长腿钻了出来。

像个天真的小孩儿一样，他好奇地转动着毛茸茸的脑袋看着四周。

他挥手笑嘻嘻地高声招呼道："哟，大伙儿，在拍戏啊？"

这人是谁?

开着封信的车的人，竟然不是封信。

这一变故，连何欢也愣住了。

远处，有警笛呼啸而来。

3. 何欢，你知道杀人的感觉吗?

那一天时间过得仿佛格外漫长。

暮色四合的时候，我拖着疲惫的身体回到住处，手机上仍然一片空白，没有封信的电话。

何欢说封信一早送封老爷子回老家去了，路途不远，本计划今天去明天回的。

封老爷子自乡野行医起家，在自己的家乡一带有着“活神仙”的美誉，据说人气之高不亚于明星之于追星少女。

这些年，封老爷子虽然长居C城，但自封信的奶奶过世后，他嫌冷清，因此每年过年前后，都会回祖屋住上一个多月，和那些尚还硬朗的老伙伴一起过年，图个热闹快活。

毕竟是八十高龄的老人，封信自然要护送过去。

他出发的时候，大概不曾想过这等变故发生。

而现在，他是不是接到了何欢的消息，在焦急赶回的路上呢?

我站在阳台上，深深地吸了一口气，冬天干燥而尖锐的冷风穿过胸腔，凛冽的感觉仿佛刺入心脏。

肚子不合时宜地咕咕叫了起来，我才发现自己已经一天没有吃饭了。

我今天才知道，何欢是风安堂的法律顾问，有他全面处理这次纠纷，应该能够放心。

但是，我怎能放心。

从来没有哪一刻，我的心里被一种叫冤屈的情绪死死填满。

那种感觉，就好像被人扼住咽喉，一口气息，呼不出来，沉不下去。

恨不得剖开自己的胸腔，才能感受到世间尚存氧气。

我不是一个太过于自苦的人，我某些时候固执如牛，但多数时候随遇而安。

多年前初遇封信，在漫画本事件里，我被好友唐嫣嫣“出卖”，我会伤心，但也感到能够不牵连他人的安心。

多年后在早教中心遇见姚姚和小圈圈，被小圈圈当场羞辱指认为勾引她爸爸的狐狸精，我震惊难过，但相信封信，痛后得安。

我还记得很小的时候，有一次来做客的小朋友打破了家里的花瓶，她不敢承认，诬陷说是我做的，脾气暴躁的妈妈不问缘由对我一顿胖揍。

过后才知道揍错了我，妈妈内疚地问我为什么当时不喊冤，我眨巴着眼睛说：妈妈弄错了，但是以后会知道的呀。

这件事被妈妈提了很多年。

长大以后，我依然如此做人，或许是呆傻之人自有老天护佑，我一路化险，竟也一直相信童言无忌的自己是对的。

然而，这次受冤的，是封信。

这世间，一定会有一人，比你的生命你的尊严，还要重要。

你的冤屈，你可以淡然一笑，他的冤屈，你却如烈火煎熬。

无论对于他人，他如何平凡普通，但对于你，他是神坛圣物，他是绝世珍宝。

他是属于你的星球上开出的唯一一朵玫瑰。

如果你不曾得遇，你便不会知道。

我甚至充满了张皇的懊悔与自责。那天夜里，是我主动将那奄奄一息的孩子迎入风安堂，是我开启了这场对他而言或许将毁损清白的祸。

那对夫妻求助时的字字句句我都记得清楚，但如今，他们说的都是假话。

我曾经生过大病，我知道那种绝望心情，我相信人性本善，他们的感受会如我所想。

但是，不是这样，竟不是这样。

白天时，七春说我这样想不对，她说封信既然是医者，无论我当时在或不在，他都不会见死不救。

她说我只是气话，我这样善良，再来一次，还是会伸手。

但她错了。

她不知道，关系到封信，我就是自私，我就是冷漠，我就是不要脸，我只要他好好的。

如果知道会给他带来灾祸，我会阻止他向那对夫妻伸出援手，哪怕会因此被唾骂歹毒。

我终于慢慢蹲下身去，掩面痛哭。

七春陪我回来后，一直沉默地站在我身后，现在看我这样，终于忍不住爆发了。

“程安之，你能不能振作一点儿，封信还没死呢！”

她抓住我的手臂，把我像拖尸体一样恶狠狠地拖回客厅，扔在沙发上。

我任她发挥，只顾大哭，哭得几乎听不清她的话。

像在学生时代一样，七春是个凶猛的行动派，她一边教训我，一边冲进冲出。不一会儿，我捂着脸的手便被她用力地拉开，一团热气腾腾的毛巾被塞到了手里。

“有哭丧的时间，不如开动你的猪脑子想想怎么能帮到他。”虽然用词难听，但总能让人在迷茫中找到一点儿方向，这就是孟七春。

我拿毛巾擦擦脸，带着哽咽开口道：“那对夫妻生活好像很窘迫，是不是为了讹钱？”

“我看没那么简单。”七春冷哼一声，“我观察过了，今天来闹的那些人，训练有素，看似凶恶，但其实有分寸，不像那对夫妻的乡下亲戚，也不像是单纯想要赔偿，倒像是故意闹给人看想搞臭风安堂。”

经她提醒，我顿时清醒了许多，暗骂自己果然愚蠢。

惹得了事，收不了场，这是我最不喜欢的人之一，怎么如今自己也变成这样的人了呢?

我这下真的振作了起来，把脸擦干净开始和七春讨论。

这时，七春的手机短信铃突然响了。

“你什么时候和那个黄金头发勾搭上了，还交换了电话号码？”我一边冲到门口穿鞋，一边好奇地问七春。

刚才是那个穿着大红羽绒服染着金色头发开着封信的车的男人——自称封信师弟的慕成东发来的信息，他告诉七春，封信已经赶回医馆了。

“我男人又没出事，我当然有空到处撩骚，不然守着你个苦瓜脸一整个白天，不得活活闷死？”她扔我一个白眼，用力甩了甩她的秀发。

七春最近又换了新发型，剪了一个清爽的短发，染成了玫瑰色，大胆又妩媚。

“真的不要我陪吗？”她确认。

“真的不要，我是去约会见我男人，你跟着会被嫌弃。”我冲她故意做出很贱的表情摆摆手。

进电梯的那一刻，我又返回去抱住站在门口的七春的胳膊，摇一摇，由衷地说“好爱你哦七春姐”，被她傲娇地推开。

然后我下楼打车。

开车的大叔把流行的广舞场音乐开得很大声，理直气壮的词曲和错综复杂的人生真是相映成趣。

我无声地用力呼气。

虽然强打精神和七春开着玩笑，但越接近风安堂，我越心慌气短。

封信，他还好吗？

虽然离开不过短短的几小时，但风安堂门口，已经换了天地。

没有了围观怒骂的人群，但也没有了往日平静安宁的济世气息，原本已经花朵盛开的蜡梅树被摧毁得枝残叶落，早被踩踏成泥的花朵在复杂的空气成分里绝望地发出最后的香气。

木质的虚掩的大门里透出暖色的光，我还记得那一夜陪着同事孙婷带着她发烧的儿子小土豆深夜来此，见到这一席灯光在黑夜里带来的温暖心情。

而此刻灯光仍然是那片灯光，却只感觉凄凉。

门口的大坪里，有几个身影在缓慢地移动，走近看，是小松、小岑那几个护士，在用汽油清洗着门口地上的“杀人医馆”几个血色大字。

她们平日里都是非常阳光可爱的姑娘，我从来没有见过她们这样低落的模样。

恰好这时，慕成东从门里快步走了出来，长腿一晃伸手抢过小松手里的工具，大声说：“说了你们不要弄了，明天一早就会有清洁公司的专业人员过来弄，快点儿回去！”

但是小松不应声，默默地又取过一组工具擦了起来。

她们那么用力，好像那些污渍不是泼在地上，是泼在了她们的心里。

我的眼泪一下子又充满了眼眶。

她们无力冲上前和暴徒对抗，但她们坚守她们的信仰。

慕成东又是挠头又是抓耳，一抬头看见我，正要招呼，我朝他摆了摆手，示意他不要出声，随即自己走进了风安堂。

谁不痛苦？谁不受伤？即使是这些小护士，也知道逃避没有用，流着血泪，也要面对。

我又有什么资格矫情，只顾躺在沙发上悲伤。

接近封信办公室，我放轻了脚步，隐约听到人声。

他的办公室门没有关紧，大概是慕成东刚刚从里面出来。

从门缝里，恰好能够看到封信的侧影。

他站在桌边，身姿俊秀挺拔，仿佛平凡日子里的每一次相见时的模样。

我痴痴地看着他。

耳朵里依稀听到何欢的声音，他语速很快地向封信说明情况，有些字句不太清楚。

我不知道该进去还是该后退，我看着封信的身影，像双脚被钉在了地上，挪不动分毫。

好想抱抱他。

用尽生命里全部的力气抱住他。

这时，何欢的声音停了下来，仿佛在等封信开口。

不知过了几秒，我听到封信低低地说："何欢，你知道杀人的感觉吗？"

他语气平静，甚至有些漫不经心，似乎只是在聊家常。

但我能感觉屋里的空气和我的心一样，瞬间凝结成冰。

"嫂子，怎么不进去啊？"按捺不住的慕成东终于冲了过来，一把推开了办公室的门。

屋里的两个男人一起看向我。

不知道是不是我的错觉，封信转过头来的那一刹那，眼睛里有什么情绪在迅速退潮。

"安之。"他温柔地叫我。

他是我想用生命去守护的男人，但是这世间的法则让我知晓，有些人，就算你付出生命，也远远不够。

在那样仿佛天地倾覆的闹剧里，他仍然沉静得像一棵树，让人心里疼得狠狠地揪了起来。

人们常以为静者无情，却不知最静的人往往最痛。

他的表情里，没有愤怒，只有悲伤。

“我怀疑，她是被彦景儒杀死的。”他声调平平地说出这一句，砸在我心里，真是石破天惊。

4. 我盼你看到明媚的光，你眼里却只有冰冷恐慌

慕成东开着封信的车把我送回到和七春同住的地方时，已经是半夜。

楼道的窗外挂着一轮昏黄的圆月，浅浅涩涩的光，显得病恹恹。

我怔怔地看了几秒，垂头丧气地拿出钥匙打开门。

我原本就是动作很轻的人，这个时间，更是加了小心。

进到客厅，也不想开灯，借着一点儿斜斜的月光，懒懒地摸进了自己的卧室。

意外的是，七春居然睡在我的床上。

我有些奇怪七春怎么没回自己房间，走近却突然惊住了。

不是七春，是彦一。

自从那天当着我的面和小叔彦景城发生激烈争吵后，彦一已经一周没有出现在我面前。

但在我陪伴他的那些日子里，我能够感觉到，彦景城是这个世界上真心爱着彦一的人。

远远胜过彦一的生父。

我相信，他们之间，只是需要碰撞和消融的时间。

我伸手想推醒他，但手伸到一半就缩了回来。

我惊异于他睡得这样熟。

彦一的精神状况一度脆弱到连续通宵失眠，即使靠着大剂量药物勉强入睡，也会因为一点点响动而蓦然惊醒。

当时在彦家工作的人，被彦景城变态地要求全部穿袜子在家中行走，连拖鞋也不许穿，可见一斑。

虽然这一次见他，他的情况似乎已经好了很多，但我对于他能够睡得这么沉仍感到隐隐不安。

我又仔细看了他几眼，伸手在他的鼻端探探，确认他的呼吸虽轻但平稳，终于放下一点儿心来。

他长睫如瀑，侧身蜷曲，不安又警惕。

他的睡颜像来自无名星球的小王子，我连叹气都不敢大声。

对于彦一，我的感情很复杂。

在他还是那个欺负我的调皮小男孩儿朱一强的时候，我和他之间，是有着孩子间的天真爱恨的。

但在他成为彦一后，我们再次相见，他和记忆里朱一强的巨大反差、他的消沉乖张恐惧绝望，让我震惊，也让我悲伤。

如果你见过一朵花开到最好，你又怎会忍心看它在你面前以残忍的方式被践踏掉。

正如遇见封信时的自己，心动乍起，还未仔细分辨那方向与意义，就已经全力在黑夜里向前奔跑。

而对那时的彦一，我只有一个信念：我要拉住他，死死拉住他，哪怕他的世界黑暗无边，我也不能让他这样沉默地被吞噬掉。

时至今日，我满怀内疚，不知当初这点儿私心，于他是对是错。

当日那树，已经亭亭；当日那云，流过四季；而当日那悲伤少年，眉间却依然阴郁。

我盼他终有一日看见明媚的光，却只在他眼里，见到冰冷恐慌。

我太累了，知道接下来还有许多事情需要体力面对，遂爬到七春的床上迷迷糊糊卧了几小时，似乎还未睡着，天已蒙蒙放亮。

听到客厅里传来很轻的声响，我一个激灵睁开了眼，这也是那时看护彦一留下的后遗症，无论睡眠多少，一有状况，就能立刻清醒精神。

我走出去，看到彦一穿着一件薄薄的米色毛衣，坐在阳台上。窗子大开着，微光倾泻洁净，有薄雾无声而缓慢地流淌，看来会是个好晴天。

他回头，看到我，隔着几步远，仿佛能感觉到他眼神一亮。

我不出声地拿过他手里的玻璃杯，没有意外果然是刺骨冰凉。

我转身去给他换热水。

“景城小叔不是说你们这周五的飞机回香港吗？也该过年了。”拿起沙发上七春扔的一床薄毯子给他罩上，把他捂得像个严实的大茧，我才在他身边坐下，开口问他。

他看着我忙活，目光跟着我寸步不离，像个小孩儿。

不知道从什么时候起，他在我身边时，我们的相处模式就是这样，我照顾他，他依赖我，然后我逃离他，他追赶。

我突然想起他在彦景城面前说的话："我要她执我之手，冠我之姓！"心里不禁一凛。

我这是在做什么?

有那么一刻，我突然对自己生出一种前所未有的强烈厌恶感。

"我不回去了。"像是觉察到我突然的顾虑，彦一缓缓转过头去，看着窗外的天空，语声轻缓地说。

"为什么？"虽然知道他突然到我这儿来睡肯定有原因，但我仍然吃了一惊。

他在C城早已没有家，也没有了亲人，因为生病，他甚至没有读大学，这些年一直赋闲，在我心里，他是完全没有独立生存能力的大孩子。

"不是因为你。"似乎看穿我的顾虑，他很少有表情的面容上，竟然闪过一丝苦涩。

我几疑是自己看错。

彦一的性格直接、尖刻，带着不给自己退路也不给别人退路的毁灭性，但现在的他，却似乎有些不一样了。

他有了对命运妥协的迂回与进退。

"不弄清朱雪莉的死因，我就不回去。"他说。

"彦一，你一定是想多了……"

我知道彦一一直疑心他的母亲朱雪莉在送他离开后不久即病逝另有隐情，但生活毕竟不是小说。

为了富贵放弃了自己的孩子，却不料命运薄凉，也未曾享受到华丽的转折——这样的剧情，是符合我年少时曾经有过一面之缘的那个美得有些妖冶的朱雪莉的。

从那个嚣张捣蛋的小男孩儿朱一强，变成多年后再见面时宛若活死人的少年彦一，岁月经年里的变迁与反差，强烈到令我这个未曾知晓全过程的路人，也在心里暗暗生出了对直接造成了这结果的彦一妈妈朱雪莉的复杂埋怨心情来。

虽然常常会安慰彦一，但其实我也曾在照顾他的那些夜晚，对着漆黑无星的暗淡世界，默默地问他去了天国的母亲：你为什么抛弃他？

用一个刻意得来的豪门私生子，换得后半生荣华，这真的是相依为命的母亲给予儿子的答案吗？

但朱雪莉已逝，再无答案。

渐渐地，我亦开始相信，彦一的疑心与不甘，不过是孩子对于母亲的那点儿执念，要去深挖，只能更痛。

“我怀疑，她是被彦景儒杀死的。”他声调平平地说出这一句，砸在我心里，真是石破天惊。

“你爸爸？彦一，你疯了吗？”我脱口而出。

记得他的主治医生曾经说过，如果他出现了癔症和幻觉，就是病情加重了。

“因为，小叔……彦景城，他也爱着朱雪莉啊……”他却并不是恍惚的样子，只有那个长长轻轻的尾音扫过时，有一丝不易觉察的颤抖。

轻轻摇一下头，少年的嘴角轻轻扯动了一下，露出了一个奇异的微笑。

彦一很少笑，我一直希望他能多些笑容，但这个笑，却让人指尖发凉。

我忽然想起了争吵的那天，他对彦景城说的话：“为什么你不相信我能为她做到？是因为你没有为朱雪莉做到吗？”

有什么古怪的猜想像散落的珠链奇诡地开始连接。

彦一的亲生父亲彦景儒，一个成功的香港商人，在多年前来C城经商时遇见风情万种的美丽女人朱雪莉，她成为有家室的他的情人。

不知道是什么原因，雪莉并没有从此过上更好的生活，彦景儒也消失了。她独自生下了朱一强，相依为命地度日。

朱一强十二岁那年，一直未能育下子嗣的彦景儒重新找到了朱雪莉，用一笔巨款作为交换，带走了朱一强，给他改名彦一。

从那以后，他们母子再无联系。

只听说不久后朱雪莉病逝。

而多年后，被严重的抑郁症状所困扰几乎脱离了正常人生的彦一却发现，到香港后最照顾疼爱他的小叔，彦景儒的亲弟弟彦景城，与他又爱又恨的母亲朱雪莉当年曾有某种暧昧关系。

他甚至怀疑朱雪莉不是正常死亡，是自己的父亲杀死了朱雪莉。

早晨的第一缕阳光，终于冲破了冬日薄雾，明亮如金色的蝶翼，在风里翩跹起对新生的向往。

彦一的话，却令我仿佛进入了一个扭曲的世界。

我感觉自己正站在那个世界的大门前，看不见蓝天晨光，感觉不到清风花香，只看到门里渐渐隐没于黑暗的他，身影无助而决绝。

我想要再次伸手拉住他，却害怕自己一旦跨入，也终无法回头。

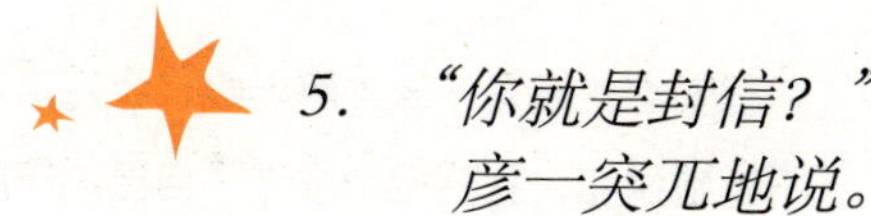

5. “你就是封信？”彦一突兀地说。

一阵门铃音乐打断了令人窒息的沉闷空气，我站起身去开门。

正想着这么早会是谁来造访，却见原本应该整个上午雷打不醒的七春穿着露着半个肩膀的豹纹睡衣冲在了前面。

我吓了一跳，看她半睁着眼睛走路的样子简直疑心她在梦游，但她竟然身手敏捷。

我还来不及阻止她，大门已经打开了。七春睡眼惺忪地斜靠在门框上，微挑起下巴，朝门外站着的人销魂地缓慢地勾了勾手指，还特故作地舔了舔嘴唇。

“哟，是个帅哥……”她傻呵呵地笑起来，那模样让我直接想人间消失。

我连滚带爬地扑过去抱住她的腰，也不管门外是谁，先把她往屋里拖。

“孟七春，你给我醒醒！”我悲愤地拧着她耳朵。

她吃痛地“嗷”叫一声，双目蓦地圆瞪，从我怀里挣出来，可算是真醒了。

“程安之，你为什么弄醒老娘，我好不容易在梦里遇见了一帅哥……”

不等她说完，我就把她推进了自己的房间，砰地把门关上。

再跑回门边，门外的人仍然如松如钟地站着，分毫未动。

也幸好来者是个非常隐忍的人，几乎可以说商界纵横多年练就的面瘫楷模，但饶是如此，我仍然从他微微闪动的镜片和默默抽搐的嘴角看出了以下内容：

“老天啊，我是不是走错了地方？

“真看不出来，程安之小姐竟然在做这种营生？

“这种生意原来已经开到了民居里。”

……

“彦先生！”我大喊一声，打断了他的沉思。

其实不该意外的，他这时候才到，才是意外。

那是彦一的小叔彦景城。

彦一不是普通少年，他的行踪从来都是二十四小时有人监护着，所谓的彻夜不归，不过是彦景城允许下的小放风。

“程小姐，又见面了。”他的尴尬不着痕迹地从眼里掩去，仿佛什么也没有看见，声音温润，态度谦和地伸出手来，像在鲜花红酒满屋的高级宴会厅里与我相见一样从容优雅。

他只对彦一失控。

“彦一昨天晚上睡在我这里。”我直截了当地说。

回头看去，不大的客厅一览无遗，坐在阳台上的彦一，逆着光，只余剪影，像一幅美丽而沉默的画卷。

彦景城点点头，表情微微黯然。

他说：“昨夜我一直守在楼下的车里。”

我仔细看他的脸，果然是面色疲惫，眼圈发乌。C城的冬天，入夜后冰寒刺骨，即使是坐在豪华车里，一整夜熬着也不会太舒适。

一想他是四十来岁的人了，不禁心里叹息。

他对彦一，才像真正的父亲。

但他迅速换上了冷静的面具。

“程小姐，现在我要带彦一回去了。”像在通知一件普通公务般，他微微提高声调，是说给我听，更是说给彦一听。

我不知如何是好，突然看到远处的彦一身体动了动，然后站了起来。

他一站起来，我之前裹在他身上的薄毯就自动松散，落在了脚边。

他看都没看直接跨了过去，向着门边走来。

我心肝儿颤地在脑内小剧场里大喊着“我的小祖宗啊，那是七春从印度淘来的宝贝啊”，一边跑过去捡，一边暗想着这叔侄俩都是演偶像剧的天然材料啊。

捡完毯子，那门边已是气压沉沉。

“小叔，我已经是成年人。”彦一说。

“不行。”彦景城轻轻把双手按在彦一肩上，像足慈祥又严肃的长辈，“你现在的状况不允许，我也无法和你父亲交代。”

彦一说：“不需要交代，你很清楚，他已经久不问起我。”

彦景城像被什么触动，语气里稍稍渗入了一点儿温柔：“等你病好了，他会开心的，你是他唯一的儿子。”

彦一似乎想说什么，但嘴唇又紧紧抿上。

“这次必须跟我回去，节后我再带你过来。”彦景城说。

“我要在这里过节。”彦一说，“我想陪她……陪朱雪莉过个节。”

明明门里门外都没有风，四周的一切也没有变化，但不知道为什么，当那个名字从彦一的口里吐出，一种空气陡然凝固的感觉忽至，猝不及防间，让我的皮肤起了一阵轻微的战栗。

我想要拔腿逃离这叔侄俩的谈话禁区。

就在这进退两难的当口，彦景城身后突然传来一个声音：

“彦先生，令侄如果暂时留在C城，欢迎与我同住。你上次拜托我的事，我也可努力看看。”

我惊呼出声：“封信！”

彦景城侧身回头，身后那如雪松般傲然清俊的身影不是封信是谁？

几个小时不见，风安堂里那个问着“你知道杀人的感觉吗”的阴郁封信，仿佛如冰雪消融般遍寻不见，又似乎只是我的一帘幻梦。

依然是清朗温润的眉眼，依然是干净含笑的表情，他伸出手来与彦景城紧紧相握。那一刻仿佛有光，从他的方向，缓慢而坚定地渗进我们刚才站立的地方，驱散了浓得喘不过气来的暗。

我都不知道，自己的嘴角在不受控制地往上扬，无论过去了多少年，只要他出现，他就仍是那个一身白衣走过操场惊艳了我的最初的少年。

他让我觉得幸福，觉得心跳，觉得每一个微小的呼吸都有意义，觉得活着真好。

爱上一个人，大概就是怕他的城市会下雨，怕他的城市下雨时他却没有带伞，怕他没有带伞时，自己不能及时赶到把伞送去。

可是啊，每一步患得患失的心情，每一分起起落落的煎熬，每一次相遇离别的泪水，都是甜，都是蜜。

我一直相信世间唯有两种感情，能给人以苦当歌的勇气。

一是父母对孩子，一是与他相遇。

等我感觉封信弯起手指在我头上轻轻一敲时，我才发现他们几个人已经站在门口聊了起来，而我这个主人竟然一直傻乎乎地堵着门。

我手忙脚乱地招呼他们进屋坐，彦景城却摆摆手。

我不知道怎么办了，讪讪地捏起了衣角。

一到封信面前，我就变弱智。

彦景城和封信怎么会认识？看起来他俩还挺熟。

而一向我行我素游离于他人世界之外的世界第一不给面子先生彦一，竟然在封信出现后，难得地没有甩手走开，而是一直安静地站在那儿。

他的目光直勾勾地盯在封信脸上。

我记得年少时的封信，看人时的目光就较同龄人成熟。

他看人从不回避，眼神干净澄澈、温柔平静，但实则犀利，与他对视，会让人轻易感到惊慌和崩溃的战栗。

后来我在香港遇到彦一。

彦一在病房第一次看向我时，我发现彦一看人的时候也不回避。

但不同的是，封信是一种笃定的自信，温和而坚定；而彦一，是一种偏执的攻击，尖锐而阴郁。

第一次被彦一那样盯着的人，会有一点儿恐惧，他的眼瞳墨黑，仿佛没有生气的人偶娃娃，但却隐隐在深处流动着某种危险而绝望的瑰丽暗影，既惊心，又惊艳。

此刻他这样盯着封信，却不知道封信会作何感想。

正在和彦景城谈话的封信，果然很快感觉到了彦一的目光，他微微侧头。

他们的目光第一次相遇。

我心里暗暗叫苦，不知道彦一在想什么。

“你好，彦一。”封信说，“我叫封信，是个医生，彦先生给我看过你的病历。”

他朝彦一伸出手来。

“封医生是C城名中医……”彦景城插嘴向彦一介绍道。

“你就是封信？”彦一突兀地说，手指朝我一伸，“安之说的那个封信？”

封信意味深长地看了我一眼，微微一笑收回手来。他这一夜肯定没休息好，但他的眼里仍有蓝天。

“我应该……就是那个封信。”

我脸上腾地发起烧来，虽然我自问是个不多嘴的人，但此时也好想问问这诡异而混乱的组合是怎么回事。

“好，我去和你住。”彦一又石破天惊地丢出来一句。

都不需要寒暄，也不必猜测理由，彦一的世界有时简单如儿童，却让人不忍加害。

封信却一点儿都不意外的样子，含笑点头：“好。”

只丢下一脸乌黑的彦景城，仿佛变成局外人。

他们三个最后怎么商量的，我不得而知，因为我被彻底醒了过来以后好奇心大作的七春拖进里屋不分时机地拷问“关于三个男人的变态关系”这种话题，好不容易脱身出来，却看到屋里已经没有了那几个人的踪影。

手机上有一条封信发来的短信：

“不要担心我，我是来看看你昨晚休息得如何。晚上来接你吃饭。”

这一刻，我感觉昨天的种种，都如幻梦，消散无影，仿佛所有的担心，都是多余。

封信，他是温暖的，他是万能的，他是我的发光少年。

陷害与阴影，恐惧与退缩，都如浮尘，不会沾染他的心。

我甚至怀疑昨夜听到的那一句他对何欢说的话是我的错觉。

只是后来，当我目睹封信真正的脆弱与崩塌时，我才知道，我当时的这些喜悦是多么可笑而自私。

它不过是我用来催眠自己的安慰剂。

因为我害怕，所以我轻易相信了那些阳光的美好的表象，我竟然希望封信是神，刀枪不入，风雨无惧。

我竟然没有想过，有一种人，骄傲如他，在受伤的时候，也能强忍疼痛，不出一声。

他确实是我的发光少年，只是他的发光，不过是笑着忍痛。

而那时，我只是欢喜地为他的状态而安心，我着手开始实施我的小计划。

我打电话给妹妹若素。

电话接通，那头传来身怀六甲的若素大梦初醒的呢喃声：“老姐……你知不知道，在上午吵醒孕妇是罪恶的……”

“我亲爱的小马车还好吗？”我懒得接她的茬，笑眯眯地问。

小马车是若素和何欢给肚里的孩子取的爱称，来源于最近若素的胎动格外厉害，用她的话来说，简直日夜不停地动。

为了安抚调皮的宝宝，金牌大律师何欢不得不每晚趴在爱妻的肚皮上唱童谣："我亲爱的小马车呀，你若是乖乖的……"

然后，他们就共同决定给宝宝取个乳名叫小马车了。

我第一次听到若素跟我说这个决定时，笑得差点儿内伤。不知道小宝宝是男是女，但总觉得他（她）长大一点儿能听懂自己的乳名后，会为自己的天才爹妈的思维而哭的。

果然，一提小马车，若素就来了劲儿。

"可不乖了！"她告状，"昨天晚上又闹到半夜，从东滚到西，从西滚到东……"

她叽叽咕咕地分享着做母亲的喜悦与埋怨。

我陪她聊了一会儿，然后和她提起我的事。

"你这几天找机会问问何欢，我想拿到那对失去孩子的夫妻的地址，他参与了调解，应该能拿到。"

那天就是若素通知我出事了，我才及时赶去，所以事情的大概她也了解。

"姐你想干吗？这事有何欢封信他们自己处理，你就不要掺和了。"

"放心啦，我见过他们，就是想和他们再见一面聊一聊，我觉得何欢封信都不会直接告诉我的，所以拜托你啦，只要打听到大概住哪个镇哪个村就行。"我说。

她犹豫了。

"若素……"我哀求。

最终，她还是答应了。

第二章

Flower• 秘密

在我们终于相遇以前，我们都是孤独地生活着。有时一个人看云，有时一个人看树，有时唱歌。也许时间漫长得你以为那场命中注定的相遇再也不会发生。

就像儿时她永远是小伙伴中的公主，她想要的玩具，都要拿到，一群人玩游戏，她必须是制订规则的那一个。

[楔子·姚姚的秘密]

风安堂出事那天，姚姚刚好开车路过那里。

虽然她清楚这场变故的源头，但是，恰好看见这一幕，仍然有些震慑迷茫。

和封信做了几年面子夫妻，她就算与他回归陌路，但多少知道，封信把他的职业尊严看得很重要。

她并不能确信这个方法能击垮他，但和以前的每一次针对他的小伎俩一样，她只是不甘。

不甘他就这么从她的生命中走掉，不甘她的每一个夜晚，心都像空了的城池，徒有晚风经过，冷冷地响。

她想，她身为封太太的那几年，虽然也不快乐，也不曾被爱，但至少回忆起来，比现在温暖。

因为知道无论怎样做，在合约期内，那个有信义的男人都会守在门外不离开。

但他也够无情，时间一到，说走就走，于是现在，连这一点儿虚假的安慰都不再有了。

她其实清楚她是从小被娇纵惯了的女孩儿，掌握重权的父亲视她如珠如宝，几乎到了宠溺境地。

所以在遇见小圈圈的爸爸以前，她的人生几乎不曾尝过输。

没有人教她该怎么面对输。

离开圈圈爸爸时，她还能装作强硬的洒脱，是的，是她先不要他的。

但是，封信是她的再次劫数，签下离婚协议书的那一刻，她突然不想再装了。

就像儿时她永远是小伙伴中的公主，她想要的玩具，都要拿到，一群人玩游戏，她必须是制订规则的那一个。

她才不管是用什么方法。

她知道很多人因此讨厌她，但那又怎样，至少她次次如愿以偿。

只是有一点儿意外的是，那个香港商人彦景城，竟然下手如此迅速。

身为某金融机构的年轻掌权派，她免不了要经常和各类企业高管打交道，各种复杂利益纠缠，各种人际轻重判断，从小跟着父亲浸淫官场的她深谙技巧，绝对是新生代实力选手。

彦氏集团在C城开展各种投资项目已有二十多年，和政府的关系亦盘根错节，非同一般。近年来，彦氏集团董事长彦景儒退居二线，他的弟弟彦景城代替他打理重要事务，没少往C城跑动。而她则在半年前与彦景城相熟。

那个看似儒雅的男人，不是普通人，这是她对他的印象。

可是有一日，他竟面带失落地提及他在C城的一个投资计划停滞良久无法推动，原因是一块关键的地皮原本以为志在必得，结果竟怎么也搞不定。

她稍一询问，就意识到他说的地皮竟然是封家的医馆风安堂。

当了封家几年挂名媳妇，封老爷子那点儿倔强和理想，她也知道一二。

封信是个极其孝顺的人，且对名利之事看得淡漠，不见得会被金钱打动。

风安堂那个地段现在寸土寸金，如果能够开发为其他的商用建筑，确实值得投资商们大费一番周章。

她猜想近年来打过这块地皮主意的，肯定不止彦氏企业。

只是封老爷子虽然出身民间，却是享受国务院津贴的国宝级中医专家，身后更有大批指定由他保健身体的高级政要，封信也是后起之秀，这几年代爷爷出诊赚得不少人气名声，这祖孙俩看似普通，却绝非强权能动的人物。

因此，被钉子生生碰回去的估计也不少。

只是这彦景城，倒也够执拗。

她心念微微一转，脑里有什么念头一闪而过。

她假装端起茶杯饮下一口热茶，却感觉自己皮肤有点儿异样发凉。

她听到自己对彦景城说："其实开医馆的，都是靠口碑，这家医馆这么难动，大概就是名声太好了吧。"

她都不知道自己怎么会说出这么几句话来，但对方立时目光一闪。

像他们这样的人精，哪里需要把话说明。

然后，就是她碰巧路过时看到的那一幕发生。

隔着一条街，她看不清楚，但知道是有人闹事，也听得到有人在扯开嗓子哭。

还真像那么回事。

她心里微微冷笑。

她不知道封信遇上这样的事会是什么反应。她甚至也不知道自己能从中得到什么好处。她只是，讨厌他在她面前永远的平静。

她不能平静，他凭什么。

就在她准备摇上车窗离开时，一辆熟悉的银灰色轿车突然开进了闹事现场。

是他来了吗?

她的心突突跳起来，她目不转睛地盯着那车。

直到那车停下，门打开。

一个个子很高的黄头发男人从那辆车里钻了出来。

竟然不是封信。

她的目光，像被磁石吸住一样，定在了那一头金发下那张恍若隔世的面孔上。

玩世不恭的笑容，吊儿郎当的气质，仿佛对整个世界都满不在乎的脸。五年了，他竟然一点儿都没有变化。

她全身冰凉，咬紧牙关，控制着身体的微微颤抖，几次想要按下降车窗的按键，居然都失手滑开。

如果说，这世上还有一个男人，能让她比见到封信更加失常，那么，就是这个人。

封信于她，是一场绵延的大雨，她深深淋透，从身到心感到寂寞荒凉。

而这个人于她，是一柄带血的剑。她从一个骄傲天真的少女，变成一个失心妇人，就是从他对她的一剑挥来开始的。

他是绝不该在这个时候，出现在这个地点的人。

慕成东。

我突然间感觉到封信片刻的迟疑和停顿。

6. 时间魔法的快乐与悲伤

“董大成？没有这个人。”

“对，这里是清水村，但没有听过这家人。”

“我在这里住了一辈子，这里没有哪家人我不认得的，肯定没有。”

“死掉的小孩子？呸呸呸，走开走开，大过年的不要这么晦气！”

原本还算语气和善的乡亲脸色大变，气呼呼地一把把我推了出去，我绊在门槛上，差点儿重重摔倒。

我垂头丧气。

我已经不甘心地问遍了整个清水村，村里人已经从开始的好奇变成厌恶。

他们众口一词根本没有叫董大成的人和他的一家。

而清水村，这是若素给我的那对在风安堂闹事的夫妻的地址。

我拿到地址那天已经是大年初二，虽然过着年，但我却不敢多耽误一秒，立刻瞒着父母和封信联系了一辆出租车，初三一大早就送我下乡。

这个时间找到一辆车愿意出城极不容易，虽然出了高价，但司机师傅仍然一路板着脸，想来是他并不想接这单，却有不得不接的理由，所以心里有怨气。

我赔着小心，用手机帮忙导航，开了三个多小时，吃了不少苦头，终于找到了若素说的村庄。

可未曾想，完全打听不到任何线索。

是若素给的地址出了错，还是另有隐情？我不得而知。

我茫然地在村里晃过来晃过去，不甘心地想再问问人。不知不觉中，时间流逝不少。

等我终于承认失败，又沿原路好不容易深一脚浅一脚回到下车的地方时，竟然发现车不见了。

这个小村的位置距离大路遥远，出租车在很远的地方就无法寻路，因此我只能下车沿田间小道步行前往，和司机约好了在路边等我。

但现在已经完全没有了车和人的踪影。

我吓出了一身冷汗，急忙拨打司机电话，却显示关机。

之前来的时候，因为司机不情不愿，我为了安抚他，提前支付了车费。却没想到，他会直接丢下我走掉。

这里离C城有三个小时车程，这条路虽然可勉强开进小车，但距离国道还有遥远的距离。现在已经是下午四点，如果司机不良心发现回来接我，我今天可能就要被困在这个小村里了。

这时，我才发现，胃里空空如也，从早上出发到现在，竟然完全忘记了要吃饭这件事。

难怪本来就不开心的司机会丢下我干脆走掉。

更糟糕的是，因为一路开着导航帮助司机寻路，我的手机电量已经不足 10%。

我的心突突乱跳，强迫自己镇定下来想办法。

就在这时，手机振动，一条短信传来：姐，你回来了没有？

是若素。

我想了想，再看看逐渐暗下去的天色，一咬牙回拨电话。

冬天的夜来得特别早，才下午五点多，天色就已经如同淡墨。比起城市里夜上七彩灯火的掩饰，乡村里的暗来得更加纯粹。

我就着渐渐昏黄的光线，深一脚浅一脚在田间小径上行走，想要在天黑前赶到国道旁。

唯一知道我去向的若素，此刻应该已经要何欢驱车前来接我。虽然充满了内疚、挫败与懊恼，但我也知道此刻只身在外，若出现什么意外，才更不可原谅和交代。

大约半小时后，我终于走到了国道边，说是国道，但其实是一条省内新开的线路，还很少有车经过。

我一边暗算着何欢过来的时间，一边搜寻着可立身之地。

这时天已经完全暗了下来，我寻了一个不显眼的角落坐下来，深吸一口气，镇定下来，想着其他的事转移注意力。

时间是世界上最固执的魔法师，它不会因为快乐或悲伤而产生半分动摇，它不停歇地旋转前进。

自从风安堂出事以来，日子终究是一天描红，一天吐绿，各有各的精彩无奈。

这些天，虽然是过着传统的农历年，但我并没有感觉到太多的年味。

若素仍是娘家婆家两边跑，但肚子大了也不好太频繁。

何欢过着年也电话不断，他放心不下风安堂的事，因为涉及敏感的医患纠纷，很难简单地立案问责，但何欢亦感到此事并不简单，决意追查下去。

彦一真的住到封信家去了，不知道彦景城怎么会同意。我去看过两次，每次都觉得特别尴尬，不知道大过年的这俩男人怎么相处，但他俩偏偏谁也没有抱怨。

尤其不知道封信用了什么方法，性格乖张一般人根本无法靠近和沟通的彦一，竟然在按时服用他开的中药，接受他的针灸治疗。

原来开始封信说彦景城曾经拜托过他的事，就是治疗彦一的抑郁症以及随之引发的一系列身体症状。

他们表面平静，我也就干脆当起了缩头乌龟。

而七春终于在腊月二十九敲开了她妈的大门，献上昂贵包包后保住了自己珍贵的膝盖。

我则在要若素侧面打听到了闹事夫妻的地址后，想要与他们正面聊聊，而只身来到了清水村。

一时疏忽，把自己陷入困境。

周围的田野有窸窸窣窣声响起，远处的小山丘中还有着不知名的怪声传来，偶尔一辆大货车怒吼着圆瞪双目经过，转眼又恢复了让人胆战的静。

比起饿，冷更让人难受。

我一边想着那些细碎的事分散注意力，一边仍不能避免地觉察到身体的僵硬。夜里开始起风，远处似乎还有雷声滚过。

这时，我的手机突然响了起来。

因为担心电量耗尽失去联系，我开始已经嘱咐何欢到了附近再打我电话，而其他人的来电我一律按掉不接，但是这个来电却显示是封信。

我垂着头按下接听键。

其实我还没有想好该对他撒谎还是掩饰，但他的名字，闪烁在亮起来的小小屏幕上，对我仿佛有着致命的诱惑。

他是我任何时候都拒绝不了的糖。

“安之。”我还没开口，就听见他叫我的名字。

他的声音平稳温和，仿佛我就站在他的面前，而他的惩罚只是轻轻敲了一下我的头。

“是不是很冷？再坚持一下，我过来接你。”

两个多小时以后，我坐在封信的车里，感谢老天一直在打雷却未曾降雨，因此我没有变成更惨的模样。

车里的暖气开得很足，我慢慢感觉到暖和起来。

没有比这更令人沮丧的事了，我想帮助他，最后却成了拖油瓶。

他连续开了几小时的车来接我，而我却连一句抱歉也没有勇气说。

此刻回程的路已经是披星戴月，我已经过了劲感觉不出饿意，但算算他出发的时间，应该没有来得及吃晚饭，现在再直接开回去我更会恨死我自己。

我打起精神观察路边，大概半小时后我们出了国道，我看见前方有一片灯火，小声对封信说：“封信……我好饿，我们到前面吃点儿东西吧……”

他不出我所料地“嗯”了一声，声音仍然淡淡的。

前方果然有几家小饭店，但时间较晚，只有一家还亮着招牌。

封信把车停好。

我挪动着酸痛的双腿刚爬下来，突然感觉身边微光一暗，他已近到身旁，长臂一伸，搂住了我的肩膀，朝亮着灯的那家小饭店走去。

我立刻感觉到他与平日里不同的动作和力度。

他并不开心。

我缩在他的怀里顺从地跟着走。

摆放着几张折叠小木桌和条凳的简陋饭店中央，生着一盆大大的炭火。一根根黑色的木炭把自己燃成通红的模样，不仅温暖着人的身体，看一眼也似乎能温暖人的心。

此刻店里没有一个客人，我们一进屋，就有个人从柜台后面缓缓站了起来。

我突然间感觉到封信片刻的迟疑和停顿。

我抬起头来的时候，看见的竟是一张惊愕的熟悉的脸。

在这国道附近开小店的，多半是附近的农民，因此店里的环境都朴实简陋。

但她站在那里，却如同一朵耀眼的白莲，怯怯地拨开了清水，将周围的一切变成无足轻重的背景。

她竟然是我高中时的好友，唐嫣嫣。

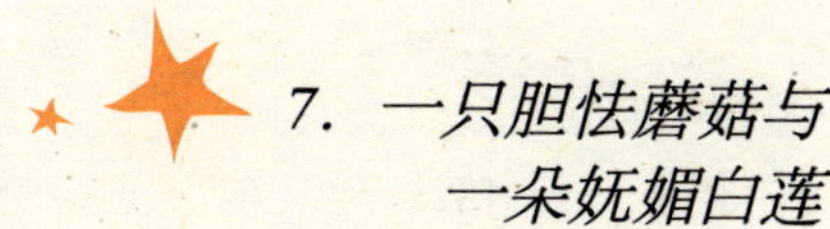

7. 一只胆怯蘑菇与一朵妩媚白莲

“原来这里是你爷爷奶奶家……可是你才结婚第一年，就不回婆家过年吗？”我和唐嫣嫣拉着家常缓解尴尬。

“我是爷爷奶奶带大的，奶奶过年前中风了，我得过来照顾她，顺便帮他们看一下店。”不知道是不是我的错觉，她似乎有些心不在焉，一边回答我，一边不停地瞄着在炭盆边烤着手的封信。

除了进店时几乎难以觉察的小小的一刻迟疑和惊讶，封信几乎再也没有过表情变化。

如往日一般，他只安静地坐在那里，似乎并没有在听我们的谈话，他的目光怔怔地落在那一团燃烧的红色上，偶尔爆起的一点儿火花，如流星般闪过他的面庞，令他看上去如俊美的神子。

“那个……嗯……他是封信。”原本有些扭捏，不知道怎么开口和唐嫣嫣介绍的我，看到封信的样子，心里油然而生一种安心的力量，嘴里的句子已经脱口而出。

他是……封信。

我的封信。

“我知道。”出乎我意料，唐嫣嫣笑了起来。她离开我，款步走到了封信面前。

“封学长，又见面了。”她在他面前蹲下，柔声唤道。

明明是冷得要命的天气，唐嫣嫣却穿着一袭淡青色的长裙，披着雪白的狐毛外衣，在脏污的小饭店里，她毫不在意地蹲在封信面前，柔软的裙摆在地上蜿蜒，黑直的长发从仰起的脸的两侧如水般流向身后，微微的火光映着她白瓷般的肌肤，如梦如幻。

那一刻，我恍惚觉得，她若是再赤足，纤细的脚踝上金铃微响，那她就是故事里走出来的完美的女妖，我亦心动，何况书生。

当年在学校初见时，我就觉得唐嫣嫣是个美人，而多年后，她的美丽，更因了岁月的沉浮而多了深深浅浅充满诱惑和迷幻的色彩。

我心里一紧，不知是因了她的话语和举止，还是因了她的惊人妩媚。

而我，我裹着厚重的黑色羽绒服的样子……唉。

我下意识地看向封信。

封信也有些奇怪。

他看人一向表情含笑，虽然客气，但读得出温柔，但他此刻看向唐嫣嫣的表情，却是连我也能察觉的严肃和疏离。

“你好。”他轻轻点了一下头。

“我最近一直想去看你，可奶奶病了，一直脱不开身。你最近好吗？”

唐嫣嫣手背交叠在膝头，尖尖的小下巴搁在上面，眼睛亮闪闪的。

似是无心的天真。

“唐嫣嫣？”我傻乎乎地叫了她一声，不知道她这是唱的哪一出。

她轻轻地“啊”了一声，缓缓站起身来，仿佛大梦初醒般，察觉了我的存在，扭过头朝我轻抚额角。

“对了，安之，忘记和你说了，我上个月陪我嫂子到风安堂看病，才发现封医生原来是我们以前的学长。我现在也是学长的病人呢，你知道的，我一向身体弱。”

她朝我眨一下眼睛，语声带娇地说：“你们等会儿哦，我进去看看菜炒好了没……”

她带着幽香飘开，只留下我和封信。

封信抬眼静静地看着我。

我努力地想做出什么事都没有的表情，但却分明感觉到自己的身体异常僵硬。

我应该微笑的，像个乖巧的姑娘。

可是，我快要哭出来了呢。

青葱往事如河面放下的万千灯盏，轻轻摇晃，漂向岁月之深。

那一年，刚进高中的我是一只胆怯又卑微的蘑菇，只敢缩在角落。

可蘑菇也有蘑菇的世界。

侠女一样的七春是我最好的朋友，全校最闪亮的男生封信是我暗恋的人，而唐嫣嫣，是我在给学校画墙画时，意外结识的全年级最漂亮的女生。

我曾经那么爱他们三个，甚至分不出谁多谁少。

可一场意外的漫画本丢失事件，让我和唐嫣嫣的高中友情走到尽头，也就是在那场惊吓里，我们得知了彼此的秘密——我们竟然共同喜欢着封信。

少女的心情是那么脆弱，我们因此形同陌路。

多年后重逢，这段少女心事被唐嫣嫣轻松调侃，我以为阅尽千帆的她早已放下。

即使是后来知道我和封信成了恋人，她也并未多发一言。

然而，这个夜晚的离奇相遇，莫名滋生的某些秘密感，却让我仿佛瞬间回到了多年前的学校操场。

我一直记得多年前的那个夜晚，唐嫣嫣因为画墙画从梯子上跌落，封信背着她去医务室，我慌慌张张地走在他们的后面。

那时，封信不知道我的名字，也不知道她的。

于他而言，我们只是两个陌生的学妹。

而于我们，他却是各自心里最动人的浪花。

那天的月亮多么圆，我心爱的英俊男生背着那个美丽的女生，情景像漫画一样动人。

而我不敢说，我多么想哭。

那时我多希望，摔伤的那个人是我。

我不知道，为什么会在这时想起那么多乱七八糟的往事与片断。

我甚至没有觉察到，自己正呆呆地看着封信。

我的双脚，不知道该前进，还是该后退。

不知过了多久，我才勉强在嘴角拉出了一个傻傻的弧度："封信……你饿不饿？”

话刚出口，就看到封信一直盯着我的安静目光，蓦然凝结成冰。

我不知道他怎么了。

我下意识地想躲开他凌厉的目光。

我承认其实我很胆怯，或许因为，我并没有真正地了解过他。

我笃信着这片海的蓝，却不知道海有多深。

我空有一身殉葬之勇，却没有探宝之慧。

封信突然站起身来，一伸手，用从未有过的粗暴动作把我拉近他的身边。

他用的力气异常大，虽然将我拉得很近，但却并未伸手拥抱我。然而这样近的距离，尤其加上他胸口有些不正常的急促起伏，却让我惊骇得颤抖起来。

我小小地惊叫了一声：“封信！”

他没有理会我语气里的哀求。

“你是不是想问，我和你的朋友之间，为什么好像很熟？”

虽然不敢抬头，但我听得出，他的语气，却是我从未听过的冰凉。

我一动也不敢动，只下意识地猛摇头。

“你是不是想问，为什么你打电话给你妹妹，要何欢来接你，最后来的却是我？”

“封信……”我更努力地摇头。

“你是不是想问，外界传闻的关于我前妻和我孩子的真相？”

“你是不是想问，我们能在一起走多久？”

……

他深深地看着我的眼睛，不顾我眼泪喷涌而出的狼狈。

“可是，程安之，为什么，一直以来，你一句都不问出口？”

随着最后一个尾音滑落，他轻轻地放松了手指。

但是，前面的激烈都不算什么了。

那最后一句里，满满的疲惫与失望，像利剑一样，直直地捅进了我的心脏，令我几乎崩溃地尖叫起来。

他说得，那么无情，那么平淡，像无关的人，在宣判他人死刑。

“你一直告诉我，你用了八年的时间爱着我，但其实你最信任的人，却从来不是我。”

他任我的手从他的掌心离开。

火盆里的炭火依然奋不顾身地燃烧着，却再也不能让我感觉一丝温暖。

我以为，我是用了世界上最伟大的方式爱着他的。

封信，我以为的。

我爱他爱得可以放下自己所有的疑问与尊严，不问过去，不求答案。

只要他回过头，永远都能看到，我安静地在他的身后，他能安心，我就满足。

我以为，这是我能给他的，最好的爱。

但是，我何曾真正地追问过自己，我这样的卑微、这样的沉默，真的是为了他吗？

不，我其实是害怕。

我害怕我的任何一点儿不乖巧、不懂事、不大气、不善良，都会让我失去他。

即使他此刻就站在我咫尺之远的地方，即使我能感知他的体温，亲吻他的嘴唇，拥抱他的身体——但他于我，又何曾是真正的亲密爱人。

他在我心里，始终是我年少时，那幅精致到在深夜思之也会落泪的画。

我做的一切，不是为了爱他，而是为了，不失去他。

突然间，他把这答案，无情地祭在我的面前。

看似平静，却残忍得仿若挖心。

后来，我们并没有吃唐嫣嫣爷爷奶奶家小饭店的饭菜，在她出来前，封信就拉着我上车离开了。

回去的路上，我已无力去思考封信在想什么。

我充满了自责、愤怒、狼狈、伤心，以及无数说不清道不明的情绪。

我一直无声地哭着，头一次没有试图去揣摩封信的感受。

我想现在更应该审视的，是我自己。

而一直到我下车，封信也再没有和我说过一句话。

我感到我说到孩子的时候，董大成的身体似乎轻微地颤抖了一下，但是他一直纹丝不动的妻子猛地掐了他的手背一下。

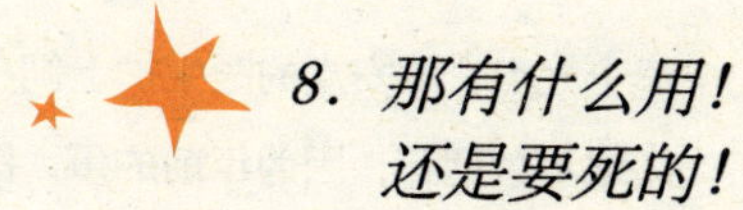

8. 那有什么用！还是要死的！

大年初八，是个喜庆的日子。

为了在新一年夺个好彩头，无论是日新月异的网络贵族，还是传统的小店小铺，大多会在这一天恢复工作。

而这也是每一年风安堂年后开张的日子。

那一次莽撞寻人失败后，我和封信的关系就起了微妙的变化。

我们仍然每天联系着，但彼此语气都变得小心。

好几次，我都想要不管不顾地冲破这僵局，但只要想到可能会回到那些即使思念刻骨也只能看天看云的日子，我就失去了所有勇气。

在和封信的故事里，我的属性大概连蘑菇也不是，是缩头乌龟。

就这样，到了初八。

早上九点，风安堂的医生护士们在前坪一起点燃了第一挂鞭炮。

C 城不禁烟花，因为年前的事，医生们准备了比往年更足量的鞭炮，放在一个巨大的铁皮桶里点燃，一串串轰然的爆响声久久不断，爽快地炸散曾经的低落与不快。

我和七春都赶来捧场，很多风安堂的老病人也赶过来围观。

中国人讲究吉利，一般过新年时不看病，即使有痛也忍着，省得开年就看病，一年都不净。

但风安堂开门，却来了不少人，除了名声，大概还有着感情支持的成分。

封信穿着便服，一直站在前坪含笑指挥，今天基本没有问诊需求，大家都是前来捧场，恰逢天气晴好，拨云见日，大家也就站在前坪相互寒暄。

但是何欢却一直严肃地绷着脸，似乎在警惕着什么。

十点整，何欢担心的事终于发生了。

一伙人突然从街角出现，浩浩荡荡地径直冲进了医馆。

一大帮青年男性中依稀有几个是上次的熟面孔，中间围着的，竟然还是我遍寻不获的失女的董大成夫妇。

这一次他们不哭不闹，往每个诊室门口蹲两三人，而董大成夫妇就直接坐在了门槛上。

谁都看出来了，这是不让风安堂正常营业。

何欢眉头紧锁。

这是他之前最担心的情况。

对方恐怕也经过了研究，这一次改变了策略，他们一个个和老僧入定一样坐在医馆里，无声地散播着不实的诽谤。

这样诡异的情形，只要坚持一段时间，被影响的人自然会越来越多，在医馆上班的医生护士心理上也会崩溃。

因为他们不砸不抢，不哭不闹，警察也拿他们没多少办法，只能规劝。

而法律层面的事故鉴定，则还需要漫长的等待。

围观的人群议论纷纷，和上一次不同的是，这一次支持医馆的声音明显增多。

或许过于明显的训练有素，其实反而成了别有用心者的败笔。

我趁人群议论纷纷的时候，径直走到董大成夫妇面前。

他们俩仍然穿着那身破旧的衣裳，过了一个年，脸色也并未显得多半点儿丰润，每一条过早滋长的皱纹里，都填满了辛勤劳动者的悲苦和心酸。

他们深深地垂着头，谁也不看，眼观鼻，鼻观口。

我蹲下来，问他们："你们还记得我吗？"

董大成下意识地抬了一下头，而他的妻子则毫无反应。

我看到他混浊的眼神微微闪动了一下，但飞快地归于麻木。

他再次低下了头，这一次任我说什么也不再动弹。

我试图唤起他们对那一夜的记忆，我说我就是那天晚上你们来求助时和封医生一起接待过你们的人。那时孩子已经陷入昏迷，你们说医院已经回天乏术，让你们出院。你们甚至因为已经没有钱了，连最后让孩子缓解一些痛苦的针药也无法承担。你们求封医生发发慈悲，救救孩子，封医生答应你们尽力一试，也向你们说明了病到这个地步已经希望渺茫，但至少努力让孩子不那么痛苦，你们当时千恩万谢领走了药，你们都忘记了吗？

我说我也是生过重病的人，我知道病到连医生都拒绝医治的那种绝望，这世上或许有很多的病痛还不是人力所能治愈，但是如果连愿意努力的医生都没有了，那对病人来说才是最残酷的，我不相信你们这样闹事是你们的真心，不管有什么原因，这样对曾经对你们伸出援手的医生都是不公平的，孩子也会难过的。

我不停地说啊说啊，像是害怕他们突然又消失不见，急着想把心里想说的话全部说出来。

以至于后来我自己都不知道自己在说些什么。

我一直想找到他们，是因为我是那天晚上接诊的见证人，我抱过那个孩子，我接触过这对夫妇，我相信他们不是这样是非不明的人。

有人说过，假若所有的事情真相都要取决于人的良知与勇气，那其实是一种天真和单纯。

我偏偏只拥有这一点或许无用的天真和单纯。

我感到我说到孩子的时候，董大成的身体似乎轻微地颤抖了一下，但是他一直纹丝不动的妻子猛地掐了他的手背一下。

这个小小的动摇和角力，让我看到了一线希望。

但是之后任我再怎么说，他们都不再有动静。

我无奈地抬头看向封信的方向，却突然发现，不知何时，他来到了我的身边。

但他的脸色并不是愤怒，也不是伤心，而是微微地皱着眉，似乎在思考什么。

出事以后，我从未与他正面谈起过这件事，我不知道他在想什么。

我蓦然间想起那天他对我的质问，为什么我什么都不问，却以为都了解。

我黯然低下头，听见他的声音在耳边响起。

我一惊，发现他已和我一样蹲下身来，在对董大成夫妇说话。

他说："那晚我给你们开了十二服药，要你们十二天后再带孩子来找我，你们没有来。我一直想问你们，你们后来为何没来复诊？孩子服药后是什么反应？"

他的声音轻而稳，像山间溪泉流过的水，干净凛冽，让我的皮肤漫过一阵无声的战栗。

他今天穿着一身银灰的毛呢大衣，并不是医生的白衣，但没有人能够怀疑，他是一个最优秀的医者。

难得一见的冬日暖阳照在他瘦削但宽阔的背上，他的侧颜安详温和，那些字句，只像是他任何一次普通的问诊，心怀慈悲，细致温柔，而周遭的恶意都不在他的眼中。

听到封信的声音，董大成终于再次有了反应，他明显比他的妻子更易激动，他甚至嚅动着干涸脱皮的嘴唇，脱口唤了一声："封医生……"

那声音里，绝不是问责，而是感激与愧疚。

但他的妻子打断了他。

那个女人用方言嘶哑地嚷出来："吃了你的药就死了！你的药吃死了人！"

她的声音特别大，带着凶狠的发泄，人群的目光迅速被吸引过来，原本蹲在诊室里的几个男人也迅速围拢过来。

我刚想安抚她的情绪，却见封信缓缓地摇了一下头。

他说："不可能的。那孩子如果按时服药，应该会舒服一点儿，至少你们一家四口还能一起过个团圆年。”

他的声音不大，就如同他平时说话的语气，平静却有着笃定的力量。清楚直接，刚好够近处的人听到。

而神奇的是，这几句话，竟让女人的嘶吼像断了线的风筝，戛然而止。

她愣愣地看着封信的脸。

董大成却再也按捺不住，一把甩开了他妻子的手，这个或许老实了一辈子的男人眼含热泪，朝妻子喊道：“他说……他说大娃可以过年的！”

他妻子回过神来，朝他尖叫道：“那有什么用！还是要死的！”

……

这几句短暂而快速的话语，并不足以让所有人听清，但是我却字字入耳。

我也愣住了。

封信，他到底知道多少呢？他说到一家四口，他似乎对这个陷害他的家庭并不是一无所知，他了解到了什么呢？

我突然想到一句话。

真正的慈悲，是来自于拥有力量后的宽容。

封信，或许早就知道了真相。

混乱中，不知道是不是我的幻觉，仿佛是从身边，又像是从很远的天空，传来了一声悠悠的叹息。

那叹息，饱含着对人世的悲伤、混沌、困苦、邪恶、迷茫的了悟。

就在这时，原本都呆站在前坪的风安堂的医生们，突然喧哗起来。

一个白须飘飘、宛若仙人的老者，在人群自动分开的通道中，大步向我们走来。

他面容慈祥，却充满不容诋毁的威严；他年逾古稀，却有着镇住全场的正气与自信。

他竟是风安堂的创始人，封信的爷爷，名动全国的中医界泰斗——封柏南。

他看也没有看封信一眼，走到前坪正中停下脚步。

风安堂的医生们都已经围了上去，有几个年纪大的医生甚至看得出肩膀都有些颤抖。

封老爷子大手一挥，声若洪钟：

“把我的桌子抬出来，今天风安堂封柏南，就在这大门口，当街给大伙儿免费看诊！”

一场让我们束手无策的危机，就这样被封老爷子轻易化解。

9. 你是不是朱雪莉的孩子？！

后来的很多天，谈到封老爷子那天的气势和壮举，我们一干小辈都只能用献上膝盖来表达内心汹涌的敬意。

封老爷子的一把白胡子绝对不是白长的，近年来他已经很少坐诊，但各种悬壶济世起死回生的玄奇传说却在民间越传越远，加上著书立说、媒体追捧，俨然已经有了当代活神仙的江湖地位。

他一身浩然正气地往那儿一坐，双目炯炯，不怒自威，如画中老仙，仿佛自带追光灯般，现场瞬间换了天地。

平日里找黄牛党高价求号也难得一见的封柏南老神仙当街免费看诊！

这消息轰然间以洪水之势猛冲出去，不到半小时，风安堂门口排队的人流长龙已经蜿蜒消失在另一条街角，根本看不到尾巴。

哪里还有人管什么初八不看病的禁忌，哪里还有人理会诊室里坐着的那些人，人总有三病两痛小疑心，这样的大好机会，简直是不可错过的缘分，就是一身肌肉的虎虎大汉也忍不住想排个队来摸一把脉。

最后险些造成交通堵塞。

没多久，积极的本地电视台和晨报的记者赶来了几拨人，一时间这盛况竟成了隔日媒体头条，封老爷子菩萨心肠热心公益的伟岸形象再上一层楼。

至于那些闹事的人，竟不知何时，消失不见了。

一场让我们束手无策的危机，就这样被封老爷子轻易化解。

第二天，当年被封老爷子治过大病的某位“VIP粉丝”看到了报纸头条，立刻嗅出异常气息，亲自关心询问。

了解了内情后，一个电话过去，原本对这起医患纠纷处理得磨磨蹭蹭的司法系统工作人员，转眼把深入调查提上了最快程序。

何欢那边的工作立刻大有进展，很快查出了董大成夫妇是受人指使的，原本孩子吃了封信开的药后症状已有所缓解，在他们被人挑唆停药后一周过世了。

用官方的话来说，接下来就是此案在进一步审理中。

风安堂也很快恢复了往日繁荣，过完年，仿佛春天如期到来了。

但封老爷子对于封信这次的表现很不满意，这件事本来封信想瞒着封老爷子处理好，怕封老爷子年纪大了受刺激，没想到最后封老爷子还是知道了。

封老爷子说，那天他要是不及时赶到，稳住场面，他几十年的心血风安堂就要毁在封信这个败家孙子手里了。

虽然是气话，但也可见埋怨心情。

我自问虽然最近有点儿成事不足败事有余，但给封老爷子顺顺毛还是长项，于是隔日就狗腿地上门去。

到了封家的别墅，远远地就听得院内热闹非凡。

隐隐听得人语声中掺着“师父”“师叔”等各种称谓，青瓦搭檐的院墙上方斜斜伸出一抹青松，苍翠桀骜，空气里有沉香点燃的气味，几疑人是不是穿越了。

我暗想来得不是时候，正打算离开，院门突然开了，封家的金毛老狗郭靖嗷嗷叫着冲了出来，差点儿一头撞我腿上，后面跟着个拉着狗绳子的大男人，一头金灿灿的乱草搭配一身纯黑色的中山装，竟是慕成东。

他看到我就咧嘴大笑起来。

我有些不好意思地招了招手。

慕成东我前后只见过两次，这是第三次，但他给我留下的印象却非常独特深刻。

他的发色和打扮按正常审美来说应该是非常非主流的，但出现在他的脸上身上，却只感觉像动漫里的人物一样，有一种奇异的二次元的闪亮感。

略显夸张的衣饰外表下，他长了一张非常清秀的少年脸，皮肤白皙干净，眼瞳黑亮似孩童，大笑起来时有一种整个世界都被快乐泼洒的感染力，而不笑的时候，却又隐隐看得出眼角的初生细纹。

有时觉得像张白纸，有时觉得故事深藏。

他看到了我，立刻把郭靖的狗绳往边上的香樟树上一拴，利索地推开院门咋咋呼呼地招呼我进去，完全不顾我摆手打眼色。

“师哥，我师嫂来了！”他扯开嗓门，一下子盖过了屋里各种人声。

我大窘。

二楼一扇窗子随即从里推开，露出封信清瘦的身影来，我还没来得及挥爪，就听到封老爷子的大嗓门也响了起来。

“程丫头，你还知道来给我老头子拜晚年？”

红光满面的老人亲自迎出门来，我吓得像小叭狗一样屁颠颠地冲上前去，叫一声“封爷爷”。

后面有三五个不认识的中年男女，热热闹闹地跟在封老爷子身后，好奇地朝我笑。

封老爷子回过身轰他们：“回去了回去了，改天再来。”

然后，封老爷子拉起我的手就往屋里走，一边像对小孩子一样随手把那几个人扒拉开：“都是我徒子徒孙来拜年。”

我脖子一伸一缩地朝那几个人点头示意，觉得自己挺窘的。

看他们一个个都气度不凡，应该是事业有成的人，但对封老爷子的态度却和对家长一样，亲热而乖巧。

对于我这个年轻人横空插入，他们也露出一脸不以为意心照不宣的笑。

那些笑容暖暖的，化解了我踏入封家的某种不安。

他们一边告别一边离开，慕成东在门口送他们，封信也已经从二楼下来，到门口送客。

封老爷子却不管不顾，拉着我就兴致勃勃地去看一件他过年期间在乡下收来的玉石摆件。

身为一个半吊子古董玩家，封老爷子对这点儿物什的狂热简直和年轻人沉迷网络似的不可自拔。

我一边陪封老爷子唠古玩，一边偷偷听着门口的动静。

不一会儿，我听到封信和慕成东开门进来的声音。

门扇开合间，带来清冷的风，风里夹杂着门廊外的清淡花香，似乎是早春的桃花，又似乎是晚发的梅花。

我在这隐隐的花香里有些失神，一颗心悬了起来，忽上忽下的。

因为风安堂出事，还有我和封信自那次偶遇唐嫣嫣后，都不曾再有机会对我们的感情问题进一步探讨，对我这个不够勇敢的人来说，倒是一个逃避的机会。

但眼下终于云开雾散，那个夜晚他对我的质问就重新浮了出来。

他是我一生中最初的心动、最醉的沉沦，在高中校园里第一次见到，我便对他痴恋至今。

在漫长的八年里，我追着心底的那一点儿倔强，似乎有些偏执地不言放弃。

但真的有一天，我如爱丽丝梦游仙境般实现了自己最初的愿望，却因为诚惶诚恐患得患失，而迷失了方向。

这次过来，除了给封老爷子拜晚年加顺毛，其实也知道不能再逃避我和封信产生的隔阂，必须要面对了。

突然，郭靖在院子里大声叫唤了起来，似乎十分欢喜。

慕成东的嗓门也蓦地提高了八个分贝。

“漂亮小弟你来了啊！哈哈哈！”

然后就是封信低低地说了一句什么，似乎是阻止了慕成东的调侃。

郭靖汪汪汪地大叫伴着一声关门声，院子里安静了不少，似乎是慕成东牵着狗出去遛弯了。

我心里动了动，站起身来，顾不得兴致勃勃的封老爷子，脚步不受控地朝院子方向挪动。

只走几步，就看见了面对面站在院子里的两个人。

披着一件藏蓝色毛呢西装外套的是封信，他对面戴着黑色绒线帽的黑衣少年竟然是彦一。

虽然拗不过彦一，最终让他留在了C城，但彦景城到底放心不下，初五就匆匆赶回，把彦一接回了酒店。

说起这件奇事，七春曾经数次在电话里笑得直喊肚子疼，封信和彦一这两个原本素不相识的男人，竟然相伴而居过了一个春节。

这简直是无法想象的诡异。

我深爱着封信，而彦一又曾对我告白，因此在这混乱的邂逅里，我再次缩起了我的头。

说来也怪，彦一近来也很少和我联系，偶尔来找我，更多的是沉默地坐坐。

只是我从他一如既往的沉默里，竟看出了一点儿克制而理性的味道来。

自从彦一成了封信的病人，我就一直坚信，封信一定会让他好转。

我甚至懊悔自己没有早一点儿想到可以带彦一来见封信。

直到得知彦景城曾经拜托封信医治彦一后，我才如梦初醒地上网搜索。

结果惊讶地发现，封家爷孙竟然在中医治疗抑郁疾症方面颇有权威，似乎从封老爷子行医开始，就致力于研究这一块，并取得了开创性的进展，现在这研究到了封信手里，也难怪彦景城会慕名而来。

这种后知后觉的内疚使我对封信的治疗更加期待。

我的目光落在彦一的脸上。

这还是自初五彦景城领走彦一后，我第一次看到他，但不知为什么，今天的彦一，看起来有些令人不安。

黑色的绒线帽遮住了他的眉毛，只露出了细长的眼睛。

他的双手横抱在胸前，粗看像是嚣张，但熟悉他的我却感觉得到，那是他感到紧张和恐慌。

他用婴儿一样的古怪姿势拥着自己，微微抬头看着封信的侧影显得僵硬，我刚想走近一步，又犹豫偷听人家谈话是不是不礼貌。

就在这犹豫的一刻，我清楚地听到彦一异常大声地说："他们都说不认识朱雪莉，不认识我！每个人都说我记错了！他们都把我当疯子！"

他平时不是说话大声的人，甚至不仔细听，他的低微语声经常会飘散在风里。但这几句，他却几乎是喊了出来。

没头没尾，我的背上却生生沁出一层冷汗。

我知道，只要涉及彦一的生母朱雪莉，彦一的情绪就非常不稳定，甚至他的病根也完全在此。

彦一固执地留在C城，并不是完全因为我在这里，更因为这里是他从小生活的地方，有着他和朱雪莉相依为命多年的记忆。

他怀疑他的母亲抛弃他的真相，他怀疑他的生父是杀母凶手，他怀疑他的小叔和他的母亲有某种暧昧关系。这些怀疑，让他的世界，就像一池混浊而黑暗的水，包裹着他的心，让他的天再也不能亮起来。

他曾对我提过他这次一定要寻找出母亲过世的真相，但后来不曾再提。

我以为他已经放弃了，不曾想他却已经开始独自出门寻找当年认识朱雪莉的人。

而在他病情最严重的时候，他是绝对无法单独出门的人。

我再顾不得其他，上前叫了一声："彦一！"

就在这时，另一个声音却在我身后同时洪亮地响了起来：“封信！朋友来了怎么不把人带进来？”

我一听是封老爷子跟着我出来了，连忙回头。

因为封信少年辍学，很长的时间沉浸在双胞胎妹妹封寻意外身故的悲痛里，为了惩罚自己，他和过去所有的朋友都断了联系，一度走上了另一条与同龄人不一样的路。

在那场变故里，他几乎失去了所有的朋友，这让封老爷子担心不已。

虽然封信现在已经恢复了正常生活，但对于有年轻朋友来访，封老爷子还是显出了异常的热情。

封信闻声抬头叫了一声爷爷，而彦一也恰在此刻转过脸来。

彦一转头的动作显得有些生硬和神经质，我的心再次一沉。

我还想着怎么和封老爷子介绍，却听得封老爷子发出“咦”的一声，似乎相当惊讶。

此刻，彦一的脸看向我的方向，薄白的天光斜斜地打在他的脸上，他的皮肤看上去有些惨白，乌黑的眼瞳直直地看着我们的方向。

他原本就有着遗传自他生母朱雪莉的妖孽般的美貌，再加上有些病态的神情，第一眼见到的人都难免遭遇巨大的冲击。

但封老爷子见多识广，又岂是普通人能比。

他这一声，分明满含惊讶、疑问、意外，甚至……还有着几分欢喜。

未等我们问，他已大踏步向前，越过我来到了彦一面前，大手一伸，一把抓住了彦一的胳膊。

“你……是不是朱雪莉的孩子？你是不是叫朱一强？”

那一刻，小小的院落里，封老爷子一脸兴奋，封信一脸茫然，我和彦一，却如遭雷击。

尤其是彦一，我甚至感觉到他的血液在他的血管里迅速结冰的声音。

我吓得肝胆俱裂，不知道接下来会发生什么。

朱一强，正是彦一离开C城前的名字。

第三章

Flower•变故

“这是我的一个秘密，再简单不过的秘密：一个人只有用心去看，才能看到真实。事情的真相只用眼睛是看不见的。”

封信长叹一口气。

他指着慕成东说:“你这样胡来,再记过一次,就要被开除了!”

[楔子·慕成东的初恋往事]

“哈哈哈，主席！你衣服上那是什么啊？”

一阵尖锐而刺耳的笑声突然在小巷里响起，三个染着红发的男生晃动着夸张的步子幽灵般地绕了出来。

封信停住脚步，辨认了一下，发现是早上他做全校纪律抽查时抓到的在学校体育室偷偷抽烟的三个男生。

他淡淡地看了他们一眼，然后默默地取下单肩挎着的书包，搭在自行车把手上，小心地脱下了羽绒服外套——

正是寒冷时节，脱下羽绒服，里面就是薄薄的毛线开衫，冷风袭来，他立时打了个寒战，但从面色上看，却不露任何端倪。

不过十七岁的他，已经担得起“少年老成”这四个字。

他把脱下的外套翻过来，不出意外，看到背部有一大片不知何时被泼上的颜料秽色。

那三个人已经围拢过来，用极度夸张的笑声和嚣张的神态逼近他。

都是高中生了，还玩这种把戏，实在是幼稚。封信在心里叹了一口气，微低下头，默默地将衣服折了几下，将弄脏的部分折到了里面，小心地夹到胳膊下，一侧身跨上了自行车。

他很清楚这些人的目的是什么，他们不敢在学校里对他胡来，毕竟他在学校的影响力不小，于是不甘心地在校外弄点儿小动静，变成头脑发热者冲动的选择。

虽然他少年得志，一路鲜花掌声相伴，但生性谨慎的他却一直有着超乎同龄人的克制与低调，除了必要的学生会管理职责，他从不轻易得罪任何人。

只是他也明白，这世界上总有些人的愤怒并不为仇恨而生。

他选择避开。

那三个人见他要走，原本只是想捉弄一下这个高高在上的学生会主席的情绪，现在纷纷异常躁动起来。

这从不把人放在眼里的清高小子！

成绩好又如何，长得帅又如何，被老师当成宝，被女生捧上天，他哪里懂得其他人的烦恼！

看似成天对人微笑，其实眼里全是对他们这些人的不屑和嘲笑。

真是受够了！

为首的红毛男生飞起一脚，狠狠地踢向封信的后背。

一旦有人开了头，其他人便如点燃的炮仗般，纷纷炸响。

封信虽已算敏捷，但到底没能完全闪开，那一脚正踢中他的左腿，他踉跄一下，自行车也倒在地上。

有些不妙。

他暗暗皱眉，电光石火间，已决定还手自保。

但就在这一瞬间，一个熟悉的身影不知道从哪里冲了出来，来人一言未发已出手，那寻事的三个男生尚未看清对手，已被一顿又狠又利的攻击撂得哭爹喊妈。

封信刚刚捏紧的拳头悄悄松开了。

他有些哭笑不得地看着眼前的场面。

他知道，那人发起疯来，是没人拉得住的，他索性等他疯完。

但那人今天似乎格外张狂，眼看要弄出伤亡来。

他不得不出声，喝道："慕成东！"

"哎！"话音刚落，那人已笑嘻嘻地站在他的面前，拍拍双手，好像刚才以一敌三的疯子根本不是自己。

封信长叹一口气。

他指着慕成东说："你这样胡来，再记过一次，就要被开除了！"

那一年，慕成东十六岁，封信十七岁。

在慕成东的周围，大概没有人不知道，他像崇拜神一样，崇拜着一个叫封信的学长。

慕成东出身于商贾大家，身为独子，性情难免有些我行我素，嚣张自由。

他对封信的赞美、维护、尊敬、喜爱，毫不掩饰地表现在所有人面前，让封信尴尬却又渐生感动。

少年时的封信，虽然看似朋友众多，但因了清淡早慧的个性，其实与人交往，往往克制中带着疏离。

所以，他的生活中少了些少年莽撞的热情，也不曾拥有彼此不知分寸的那种亲密朋友。

但慕成东恰好相反。

他与人交往，毫无节制，酣畅淋漓，不留后路。

也因为如此，他最后成了封信在出事后，唯一还愿意见的朋友。

慕成东一直到大学毕业，都和封信保持着密切联系，只要有假期，他准会比回家还频繁地出入封家，封老爷子早把他当成小孙子看待，他俨然已是半个封家人。

他以为他的生活就会这样潇洒下去，有音乐，有美酒，有兄弟，有自由。

但是，他遇上了他的情劫。

从初中起就早恋，女朋友换得比衣服还快的慕成东，竟然在大学毕业那年才遇上情劫，这真是让人笑掉大牙。

但是，是那个女人，让他第一次知道，什么是沉沦，什么是苦痛，什么是天堂，什么是地狱。

所以，当她抛弃他，在他的心里狠狠戳上了一刀后，他竟然像个懦夫一样，连滚带爬地逃离了这块伤心之地。

他从来不知道，他慕成东有一天竟然会软弱到这种境地。

他颠覆了对自己所有的自信，他看不起自己。

一连五年，他竟然害怕到不敢听见那座城市的任何消息。

他甚至可笑地掐断了与C城包括与封家的联系。

所以，他也没有能够，参加他生命里最重要的那个兄长的婚礼。

而待他终于伤愈归来，封信竟然已是离婚之身。

他们的生命里，缺失了彼此的一长段。

但他们却还不知道，那缺失的一长段，竟被命运以某种荒诞的方式黏合在了一起。

却听到封信突然自语道：“没想到彦一竟然是朱雪莉的孩子，原来他改了名字。”

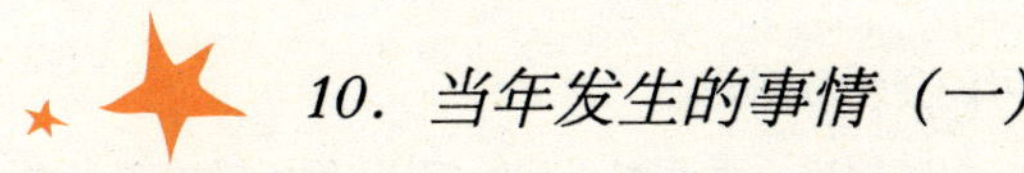

10. 当年发生的事情（一）

在封老爷子叫出朱一强这个名字的时候，我做梦都没有想到过，会有这样的缘分。

世界这么大，有时又这么小。

彦一，竟然是封老爷子当年接生的孩子。

封信轻轻拉了一下我的衣袖，我知趣地跟他上楼，给封老爷子和彦一留出空间。

上楼时，我忍不住回头看了一眼彦一，他坐在客厅的大沙发里，像个漂亮的人偶娃娃，目光发直地看着封老爷子。

而白发白须的老人激动地拉着他的手摇个不停。

我隐隐有些担心，怕封老爷子不知道彦一的情况，尤其涉及彦一的生母，很可能会刺激到他。

封信似乎一眼洞察了我的担忧，用极轻的声音说“没事的，相信我爷爷。”

二楼的天台上，还摆着不久前离去的客人品茶观景的残局，没有来得及收拾。

封信双手插在外套口袋里，悠闲地走到天台的边缘，我跟过去，看到他身边巨大的防腐木花箱里，开满了叫鹤望兰的花。

这花并不娇艳，却自有一种傲然又温和的气质，我以前经常在鲜花店见到它作为插花花材使用，却很少看见有人在自家庭院里种植它。

上一次在天台上聊天时，可能花期未到，所以不打眼，这次竟恰好盛开，橙黄色的花朵像小小的翅膀，在绿叶里飞翔。

不知道为什么，就突然想起了那一年初见时的封信，心瞬间温柔得化成了水。

他挺适合这花。

有一小段时间，我们双方都没有说话，似乎各自想着心事。

我一边挂念着楼下的彦一，一边为和封信间似乎隐隐形成的隔阂感到忧虑，却听到封信突然自语道：“没想到彦一竟然是朱雪莉的孩子，原来他改了名字。”

我不禁脱口而出：“你怎么也知道朱雪莉？”

封信微微地皱着好看的眉毛，他的眼神似乎落在很远的空气里。

他说：“我很小的时候，就听爷爷多次提起她，这是他行医生涯中非常特殊的一个病人。”

原来，彦一的妈妈朱雪莉，当年竟然是封老爷子的病人。

她从怀孕到生产，都一直是在封老爷子手上看诊。因为朱雪莉体质的特殊，这孩子一度成为她生命的威胁，但是她坚持要生下他，也因此封老爷子动用了极大的智慧与耐心，最终她平安生产。

朱雪莉个性倔强，极有主见，她从头到尾都不肯去医院，坚持只信任封老爷子的医术，甚至连临盆，都是自己阵痛发作后强忍着打车冲到当时的风安堂来。

封老爷子根本拗不过她，为了这个疯狂的女病人，风安堂破了很多的例，甚至闭门接生——这样特殊的病人，封老爷子自然毕生难忘。

而后来的多年，封老爷子和孙子提起这个病人，还有着更多困惑和遗憾的成分——因为朱雪莉生下孩子后的第二年，突然失踪了。

她给封老爷子留下一封信感谢他的大恩后，就再也没有出现在风安堂过。

从那以后，封老爷子一直心有牵挂，不知道朱雪莉后来生活得怎样，也不知那个孩子是否平安长大，以至于他在开始的几年里，多次在家中提到这个曾经的特殊病人以及那段经历。

封信是个孝顺的人，虽然那时他还只是几岁的孩子，却每次都会耐心地听爷爷唠叨往事，他记性又好，自然熟知了朱雪莉其人及遭遇。

但他却完全没有想到，这个儿时的故事有一天会在他的生活中得到延续。

更让人惊讶的是，这么多年后，八十几岁高龄的封老爷子竟然看到彦一时，就脱口叫出了他的名字和朱雪莉的名字，毫无拖泥带水的含糊，由此也可见，朱雪莉当年给他留下了多么深刻的记忆。

我在天台上听封信提到这过去的记忆时，心里只充满了震撼的情绪。

命运竟然如此神奇，从开始到后来的故事，似乎早有安排。

而我不禁再次回想记忆里儿时见过一次的彦一的妈妈，那次我被当时还叫朱一强的彦一欺负，我们双方父母都被老师叫到了学校。

小学的时候，但凡有调皮男生犯错被叫家长，家长赶到后无不当场翻脸，轻则斥骂，重则开打，但朱一强的妈妈，却不是那样的。

那天，她穿着一袭粉色的改良旗袍，良好的面料恰如其分地勾勒出美好的身体曲线，她的头发梳得精致美丽，脸蛋明艳照人，和我的妈妈那种随便披了一件旧开衫就匆匆出门的典型中年妇女形象形成冲击性的对比。

她笑着伸出手指轻轻地戳了一下朱一强的额头：“小王八蛋。”

她这样唤她儿子。

她指甲上漂亮的亮粉色蔻丹也让小小的我内心羡慕不已。

然后，她接着对她儿子说：“把你也扒光给你同学看哦。”

我吓得再一次大哭起来。

泪水模糊了我的眼睛，让我再也看不清朱雪莉漂亮的脸。

多年后回想起来，我吃惊地发现，原来一面之缘的她，也已那么鲜活而刺激地入驻了我的记忆。

她真是一个有魔性的女人。

我又想起了彦一刚才进来时的情形，问封信他怎么了。

封信微微叹息：“他说他去找小时候和他妈妈一起工作的那些叔叔阿姨，但那些人都说不认识他，也从来不认识一个人叫朱雪莉的人。”

我吃了一惊。

难怪彦一的病情加重，已经出现了癔症?

封信却摇摇头。

“你和他自己担心的一样，所以他才来找我。他本来就很脆弱，那些人一再地否定他的记忆，他吓坏了。但事实上，他的情况一直在好转，他完全清楚自己在做什么，他的记忆也没有任何问题。”

“那为何那些人都没有对他和他妈妈的记忆了？他离开C城时已经有十二岁，那么长时间的相处是不可能忘记的。”

“是啊。”封信低下头，在青石板铺就的小径上若有所思地踱了几步。

“所以，我怀疑是有人不想要他找到他想找的东西。”

随着封信的这句话，我的脑海里一瞬间跳出了彦景城的脸。

我还没来得及说什么，天台外突然传来一阵狗的狂吠和人的怪叫。

封信抬头一看，微笑起来，朝着天台外面挥了挥手。

我转过脸，看到和金毛犬郭靖在一起并排狂奔的慕成东，一人一狗声势浩大地向我们的方向冲来。

虽然空气仍是清寒，但路边的草地上、深色的景观植物里，已经依稀有了几点嫩绿色。

似乎是春天已经来到了每个人身边。

“因为她病了！”彦景城猛地转过脸，愤怒让他的脸异样地涨红。

11．当年发生的事情（二）

“彦先生，我知道一直以来你都是最关心彦一的人，如果你能说出当年的真相，彦一会比现在更有希望好起来。”

一坐下，我就迫不及待地对彦景城说。

封信在边上轻轻拍了一下我的手背。

真没想到，有一天我会和封信一起来约谈彦景城。

坐在我们对面的彦景城轻咳了一声，做了一个摊手的动作。但认真地盯着他的我，却还是发现他在镜片后的目光有些闪烁。

彦一和封老爷子相认后，封老爷子就像老鸟孵蛋一样把他保护了起来，那叫一个百般疼爱，连封信都骇然失笑道，原来他爷爷还有这么温柔的一面。

虽然不知道封老爷子是出于什么情怀，但他本来就是专家中的专家，现在有他尽心尽力掏心掏肺地接棒了对彦一的治疗，那自然是好事。

而一向怕与人接近的彦一也奇迹般地对这个白胡子老爷爷有一种迷茫的亲近信任——他居然接受了封老爷子的邀请又搬到了封家住，完全不顾小叔彦景城的反对。

这戏剧般的变化让彦景城充满不安。

正好我们也受封老爷子嘱托，有事要问他，于是双方一拍即合约在咖啡厅见面。

“彦先生，彦一病情的反复其实还是因为心结未开，他现在看起来好了很多，但有些点一旦触碰，也有可能出现更差的结果，家人的帮助是病人彻底康复最好的良药。”封信用医生特有的专业而笃定的口吻对彦景城循循诱导。

彦景城却别过了脸，声音有些发闷：“我不知道彦一在怀疑什么。”

“你知道的！”我有些激动地抬高了声音，“他一直觉得他被妈妈抛弃了、卖掉了！”

“我和他说过多次，并不是那样。”彦景城说。

“那他妈妈为什么要送走他，而且再也不肯联系他？”

“因为她病了！”彦景城猛地转过脸，愤怒让他的脸异样地涨红。

我这是第二次在他的脸上看到失控的情绪，第一次也是因为彦一。

我没有发觉，自己的声音竟然也不自觉地变得尖锐起来。

“你明明什么都知道！”我冲他喊起来，“你知道他一直在怀疑，他像个木偶一样被你们牵来牵去，这关系到他的人生，你却什么都不告诉他！他一直都知道你也爱他妈妈，他甚至怀疑自己其实是你的孩子，而被彦景儒发现后，彦景儒就杀了他妈妈！”

彦景城震惊地看着我。

他的嘴巴不受控制地张成一个失神的形状。

看到他的表情，我就知道，彦一的猜测一定错了。

果然，不知过了多久，彦景城突然松懈下来。

他的身体跌回沙发里，伸手拿起面前的咖啡猛喝一口，却又强烈地呛咳起来。

他一边咳一边神经质地笑。

“你们……你们这些年轻人，到底在想什么啊……”

我被他笑得不知所措，封信则一脸沉默地看着他。

过了一会儿，他才平静下来，拿起纸巾轻轻擦拭嘴角，努力恢复平日的冷静。

他深深地叹了一口气，看着我，又看看封信。

“程小姐，他连这些都对你说，可见他有多依恋你。”他突然话锋一转。

我猝不及防，一时结舌。

“据我所知，你和封医生，现在是恋爱关系，那你为何还在插手彦一的事？你对于彦一的感情，又该如何交代？”

他不顾我尴尬的脸色，苦笑着点点头。

“程小姐，我并不怪你，因早知感情事难分对错。当年，雪莉爱我大哥，而我爱她。我为她一生不娶，但却未牵得她手半刻。若彦一是我的孩子，我此生何求。”

到底是征战商场的成功人士，此刻说起这段往事，彦景城已泰然自若，至少表面上是如此。

“你爱的人，给的幸福，才叫幸福；不爱的人，给了一生，也不过是场转眼就忘的梦。程小姐、封医生，事情从来不是彦一猜的那样，是他错了。你们请回吧。”

临出门的时候，我仍然沉浸在彦景城的感叹带来的巨大震撼中，整个人都有些呆滞。

封信保持着一向的优雅与彦景城握手道别。

他们的对话有几句飘进了我的耳朵里。

“还有一事，差点儿忘了。彦先生，我早说过，风安堂的地皮我无意出售，上次雇那失女的夫妇前来闹场的事，希望下次不要再费这些心思。”

我一个激灵看向他们。

彦景城抬手轻推了一下眼镜。

他倒也不尴尬，只笑道：“你那律师十分厉害，果然被他查出来，这次是我不对，多谢高抬贵手。”

封信叹道：“那对夫妇还有个小儿子，也生了病，但不是绝症，他们收了你的钱，再拿你的钱去救小儿子。他们的责任，我也不追究了，答应给他们的钱，你要赶快到位。”

彦景城点点头：“封医生，你果然是做大事的人，以后有需要尽管对我开口。”

彦景城忽然朝我这边看来。

看到我吃惊地盯着他们，彦景城露出了一个意味深长的表情。

他突然说：“封医生，你不想知道是谁指点我制造了这场错误吗？”

不等封信答话，他已揭晓答案：

“封医生，是你的前妻。我想，她还爱着你。”

12. 突然失踪的小圈圈

走出咖啡厅，我和封信站在街边，都有些沉默。

我没想到，风安堂的医闹事件竟然是彦景城主使的，而背后的原因更与封信的前妻姚姚有关。

同时，彦景城当着封信的面提到彦一和我的感情纠葛，也让我既尴尬又难受。

我自香港见到彦景城第一眼，就知道他不是个简单的人物，说实话我其实有点儿怕他。

这种害怕并不是说我认定他骨子里是个坏人，相反，我感觉得出他对彦一的真情，比起他的大哥彦景儒，他其实会更多一些人情味。

但是也因为如此，他对人情世故也更加敏锐，更具杀伤力。

他不一定知道什么场合说什么话对自己有利，但一定知道什么场合说什么话对别人不利。

有时候，让其他人处于混乱，就是自己的机会，他是深谙这个技巧的吧。

我猜想封信心里也一定不太平静，虽然表面上看不出来。

封信应该早从何欢那里知道了彦景城是风安堂事件的幕后主使，但应该不知道还牵涉到姚姚。

对于他和姚姚的前一段婚姻，我一直没有和他正面询问过。

但总会有各种闲言传进耳朵。

多数人传言，封信在那场婚姻里是个负面形象，他和叫姚姚的女人结婚，生下叫圈圈的孩子，然后孩子两岁时他提出离婚，抛下妻女恢复单身。

有人甚至说他在姚姚怀孕时就已经出轨。

我自校园一别，八年后于人海中重遇，所听到的封信，就是这样的版本。

然而，我知道他不是。

他不是那样的人。这样简单一句话，曾使无数痴情女子成为路人眼中的笑话。

但真正爱着的人，不怕当笑话。

我信他。

而关心着我的妹妹若素，也不顾我的反对，各种床头床尾地向她的丈夫，也是封信的朋友何欢打听过。

可是任何欢爱若素再爱得天昏地暗，却仍然信守承诺对这件事只字不提。

他只说事情不是大家传言的那样，封信是做错了事，但是对自己，不是对姚姚。

个中缘由究竟怎样，我从何欢的欲言又止和封老爷子的担忧里，也隐隐有些感觉。

那大概并不是一场普通意义上的婚姻与离别。

我还没开口，封信的手机突然响了起来。

他看了一眼，脸色微微一沉。

他不是那种容易被人看出情绪的人，但此刻的不快，却清清楚楚地写在脸上。

他接了起来。

因为站得很近，我清楚地听到手机里传来的很大的喊话声："喂喂，你是圈圈的爸爸吗？圈圈不见了！"

封信和姚姚的孩子小圈圈，我之前在早教中心兼职的时候，曾经和小圈圈有过交往。

那小小的女孩儿性格孤僻倔强，谁的话也不听，却难得地对我表现出依恋顺从。可有一天，她发现了我和她爸爸的关系，于是用了一个孩子所能用的最大愤怒来攻击我。

那一天，于我也是黑暗而痛楚的记忆，我总是避免想起。

也是从那以后，我彻底离开了原来工作的公司，也再没见过她。

她讨厌我，我却不能讨厌她。

相反，我对她，一直有着复杂的担忧与牵挂，这或许与我之前在香港学习和从事的都是儿童早期教育有关，在我眼里，她不仅是封信的孩子，更是一个心理生了病的可怜孩子。

因此，我听到电话的内容立刻心里一揪。

封信却沉声回问："你是姚家新来的保姆？上个月那个刘阿姨又辞职了？

姚姚的手机又关机了？”

得到肯定答复后，他顿了两秒，说：“你继续找，我现在过来。”

他挂掉电话，看向我，似乎想说什么，但还是没有说。

我立刻说：“我陪你去！”

他的表情明显讶异了一下，但随即轻轻点了一下头。

这是我第二次来到圈圈家的小区。

第一次时，我是以早教中心老师的身份，和当时的早教中心负责人一起前来寻找她们母女。

那时，我还不知道她们和封信的关系，她们亦不知道我。

性情古怪乖张的小圈圈对我异常的依恋喜爱是我们缘起的开始。

然而此次前来，却一切都仿佛在心中换了天地。

唯一相似的，是对那孩子的担忧不安。

封信下车后拨通了保姆的电话，保姆没一会儿就飞快地出现了，看上去是一个四十出头的大姐，动作利索嗓门洪亮。

“姚小姐的电话又关机了，也没有给我别的电话，幸好圈圈给我写过她爸爸的电话，要不然我真不知道怎么办！这样子我会吓出心脏病哟！你家圈圈也是个精怪，我带她下来晒太阳，就一转身的工夫，就没看到人影了……”大姐急得脸红脖子粗。

这当口还不忘意味深长地瞄了我一眼。

封信打断她的抱怨，问道：“小区都找过了吗？保安都在找吗？监控调了吗？”

大姐说都在找呢。说话间，我打量着小区的环境。

这小区不算太新，但也是市里非常高档的楼盘了，小区里有着市区少见的浓荫大树若干，路面整洁，行人稀少，如果有什么动静，应该很容易被巡逻的保安察觉。

我回想圈圈的性格，再看看仍在喋喋不休的保姆大姐，对封信说："我们分头找找。"

然后，我急急朝地下车库入口跑去。

我和封信刚才是从地下车库上来的，因为小区并不大，所以几栋楼通用一个地下停车场，刚才来的时候，我们急急忙忙，没注意细看，现在想来，似乎因为是白天上班时间，所以车停得不多。

但车库从来都是小孩子最爱躲猫猫的地方，我总觉得圈圈如果为了躲开保姆可能会往那儿跑。

在车库搜了一圈儿，却没看到小孩子的身影。

我失望地想离开时，一辆车正好开进来，我朝边上让了让，感觉到车前灯有些刺眼，下意识地拿手一挡。

就在偏头的一刹那，我的目光掠过了我身边停着的那辆白色越野车的车玻璃。

我突然有一种奇妙的感觉，觉得车里后座上好像有人。

现在很多车为了隐私效果，都给车窗贴上了厚重的膜，从车里面可以看到外面，而外面却看不清里面。

我扒在前挡风玻璃上瞅了半天，也不敢确定，又急急跑上去找保安。

几经周折，保安才将这辆车的车主找到，那车主昨晚上夜班，刚刚回家洗了澡睡下，被强行叫了起来脾气大得很。

穿着棉睡衣的车主气呼呼地把车锁打开，后门一拉，脸色立刻变了。

一团小小的身影，蜷曲在汽车后座上，一双眼睛瞪得大大地看着大家。她穿着一件褐色的毛茸茸的小熊款厚毛衣，和车里的深色真皮座椅颜色接近，加上玻璃的阻挡，实在难以分辨。

她正是让大家心急如焚的小圈圈。

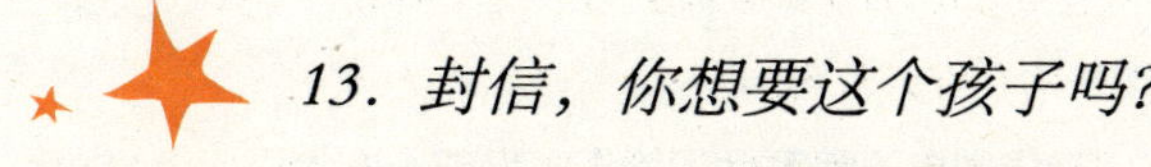

13. 封信，你想要这个孩子吗？

我和封信抱着圈圈就去了风安堂。

圈圈不知道是受了惊吓，还是着了凉，有些发烧，而且一直不说话，趴在封信的怀里像只无助的小动物一样。

我想起那天她对我张牙舞爪的凶猛样子，不禁心里发酸。

据那辆白色越野车的主人分析，他停车时因为加夜班的原因有点儿打瞌睡，精神也不太集中，他锁车前在车边接了一个电话，有可能就是那时候小孩儿偷偷爬上了后座。

他似乎记得自己好像离开时还因为后门没关紧奇怪了一下，但脑子迷糊糊的，也没有多想，随手关上就锁车离开了。

根据他下班的时间算，圈圈至少已经在车里关了四十分钟。

时间再长一点儿，可能车里的空气就会耗尽了。

想想都令人冷汗涔涔。

封信亲自给圈圈做了检查，发现没有大碍，就给她喂了些药，放在自己平时加班的床上让她睡了。

圈圈一直没有开口，但看到封信却非常乖顺，一会儿就睡着了。

我守着她，封信起身出去打电话。

这时，慕成东和护士小岑一前一后进来了。

慕成东还是第一次见到圈圈，他似乎有些好奇，伸手摸了摸圈圈烧红的小脸。

一直明确表示不喜欢姚姚的小岑却忍不住了，一边给孩子量体温一边压声骂道："有姚姚这样的妈，圈圈真是倒了大霉了！"

我觉得她这样说不太合适，刚想阻止她，却见原本一脸笑模笑样的慕成东突然脸色一沉，表情大变。

他似乎不敢相信般，指着床上熟睡的圈圈，问我："这是封信的孩子？"

我苦笑："好像……是吧。"

他又问："封信的前妻，叫姚姚？"

我又点了点头，觉察他的语气有些不对，却见他突然凑近的脸，吓得我往后一缩。

他却是冲着圈圈的，仿佛想要用目光把她扫描一遍，死盯着她的小脸，那模样有些吓人。

我刚想问他怎么了，却见他已经直起身子，面色铁青，一言不发地冲向了门外。

圈圈一觉睡醒，已经是四个小时后了。

虽然已是春天，但下午五点多时，天仍然如宣纸染墨，黑得有点儿早。

我拉上窗帘，把台灯调到温和的光度，然后坐到圈圈身边摸她的额头，已经退烧了。

她退烧出了不少汗，之前封信已经去她家里找保姆拿了换洗衣物过来，她醒了我正好给她换上。

开始我一直担心她会闹，但奇怪的是，她见到我却并没有像上次一样尖叫攻击。

我轻轻叫她："圈圈，你还认得我吗？"

她点点头："安安老师。"

我高兴起来，开始还担心她一直不说话是不是被吓得失语了，看来一切还好。

我给她换衣服，整个过程中她也乖顺得像一只小猫。

但我记忆里的圈圈不是这样的，她敏感、尖锐、孤僻，渴望爱却又把小小的自己封闭。

我给她穿好衣服，然后坐在床边，面对着她。

我说："圈圈，安安老师一直想和你说一件事，不管你明不明白，但你上次那样打我，是不对的。"

她似乎没料到我会说这个，大大的眼睛机灵地一闪，抿了抿小嘴看着我。

我接着说："因为我没有做错事情，所以你不应该打我骂我。很多事情，我们小的时候不明白，但是我们要有耐心，等长大以后再把它弄明白。安安老师其实也有很多事情不明白，但是我知道圈圈不是坏孩子，圈圈只是想保护妈妈，可是你用错了方法。还有啊，不管是你爸爸，还是你妈妈，还是安安老师，我们都是爱你的。所以，你要学会照顾自己，如果像今天一样随便离开保姆，可能会发生危险，那我们都会很伤心的。”

我并不指望这么大的孩子能听得懂我的话，在谈话的过程里，我降低音调，放低身子，和她处在平等的位置，用我的身体语言和眼神柔和地让她感觉我的善意。

她似懂非懂地看着我，但是眼神渐渐柔软，还露出一点儿怯怯的羞涩来。

我更加确信她之前的行为表现和姚姚的挑唆有关。

孩子是这个世界上最干净的存在，他们如同一张白纸，在没有选择机会的时候被涂上色彩，遇上温柔的画师，就会是清透的彩色，遇上粗暴的画师，就会染上黑暗。

我暗下决心一定要找机会和姚姚好好谈谈。

圈圈要我给她讲故事。

她要我讲有一次在早教中心的课堂上，我讲了一半的一个故事。

后来因为辞职，另一半她再也没听到。

“瑞琪的漂亮蝴蝶结又回到了她的头发上，在阳光下，蝴蝶结闪闪亮亮的，可真美。

“瑞琪对蝴蝶结说：你不会再飞走了对吗？

“蝴蝶结回答她：是的，因为我知道，你爱我。

“这时，又有人敲门……”

说着说着，门外突然传来一阵喧哗。

原本乖巧地窝在我怀里听故事的圈圈突然紧张起来，不安地挣扎着坐起，一双大眼睛瞪得圆圆地盯着门。

我还没想明白，就见门突然被人大力推开，一个身影带着门外的冷风冲了进来。

那一瞬间，我也不知道是为什么，本能地转身护住圈圈，与此同时，后背上立刻挨了一记用力的抽打。

是她手上的皮包。

圈圈在我怀里瑟瑟发抖。

我震惊地扭过脸，看到封信紧跟在后，一把抓住了身后女人的手腕，低喝道："你做什么？"

女人穿着一身精致的白色小皮草，价值不菲的小包正拿在手中高高扬起，妆容依然和每次见面一样一丝不乱，美丽端庄，但气焰却也和每次见面一样尖锐嚣张。

她是圈圈的妈妈，封信的前妻姚姚。

我没想到会在这样的情形下，几个人相见，心里暗叹一声，真是好尴尬。

但眼下没有时间想这些，让人不安的是她对圈圈的态度。

被封信阻止，姚姚一声冷笑，扬起小而尖的下巴看着他："你这个爸爸又不要她，凭什么管我？！"

我怀里的圈圈随着她每说一个字就颤动一下。

我用力抱紧她。

大概用这句话堵过封信很多次，所以这一次也觉得一定会得逞，姚姚试图甩开封信的手，却突然听到封信说："姚姚，如果你要继续这样，孩子以后就交给我吧。"

他的声音严肃，但并不躁怒，和姚姚不同，他说出来的话绝对无法让人感觉是在威胁，但你却清楚地知道，他是认真地考虑过要这么做。

随着这句话，姚姚突然整个人都僵住了。

虽然隔着一尺远，但我仿佛都感觉到了她周身迸发的冷气。

她似乎遇到了未曾料想的情况，有些狼狈地看着封信。

过了几秒，她突然松懈下来一般，收敛了开始的暴怒和失态，另一只手优雅地抬起，在封信抓住她的那只手上轻轻一拂。

封信的手松开了。

她看似漫不经心地整理了一下衣服，竟然抬头笑了起来。

我目瞪口呆，觉得眼前幕幕如戏。

姚姚笑得很是轻快："封信，你是想要这个孩子？"

封信却不为她的变化所动："我不知道你到底想要什么，但我希望你和我一样记得，当初你曾付出什么才留住了她。姚姚，对圈圈好一点儿，你是她妈妈。"

圈圈突然在我怀里，喊了一声："爸爸！"

她发烧才退，一受惊，又有些热度回升。

封信没有回应她，却走过来，把她从我怀里接过去，抬头对姚姚说："你先回去吧，今天我不能把她交给你，她病了，我作为医生也要把她照顾好。"

姚姚沉默半晌，不知道在想什么。

然后，她竟兀自转身走掉了。

从头到尾，她都没有看我一眼，仿佛我是个透明人。

14. 只是，我并不委屈，也不需任性

那天晚上，圈圈睡在医馆，封信守着她。

孩子的睡颜恬静而安心，牵着封信的手不肯放。

这一天发生了很多的事，从早上去见彦景城，到圈圈出事，像激烈的动作电影一样让人没有喘气的时间。

现在终于安静下来，不禁心生茫然。

我轻手轻脚地走到门外，医馆的工作人员都已经下班了，只留了几盏夜灯在走廊上，把窗子推开一点儿，夜风就轻轻悠悠地飘了进来。

我抬头看去，今夜的天空如同水洗过一样洁净，露出城市里难得一见的灿烂星河，玉盘般的月亮里，环形山影影绰绰，令人不禁遐想那上面是否真的有桂花树。

无论人间多少变迁，这月色依然如年少时那样宠辱不惊，安静恬然。

而对于人类来说，天一样大的烦恼，在时间的星河里，也不过是一粒小小的尘埃。

我突然想起，那一次问封信，他为什么年少时那么喜欢看天空。

他说：因为那个时候，我觉得抬起头看着天空时，自己会变得很小很小，自己的烦恼和孤单也会变得很小很小。

那样期望活得简单而干净的少年，到底是从何时起，被命运加载了无数的恩怨，成了一个负重前行的影子？

听到轻微的响动，我一偏头，看到封信不知何时走了出来，站在相邻的窗前，也沉默地看着夜空。

微光打在他的侧颜上，宁静致远。

比起少年时的清俊，他的脸庞，似乎多了一些沉默的阴霾，但那些线条，依然是柔和的、清朗的。

这些年，我从南走到北，从北走回南。我见过许多的人，也见过许多城市的天空与月亮。

但是，没有一个人，让我觉得这样好看心动，也没有一处月色，让我觉得像他头顶的那片那般干净温柔。

他美好得让我心疼。

就算有一天，他白发苍苍，我依然会这样形容他。

我笃定他是那种能从眼角的皱纹、鬓边的华发、迟缓的脚步里清楚地透出美好的男人。

如果说年少时的一见倾心是种悸动，那这段日子重遇后相处的每一天，则让这种悸动，变成一种踏实的汹涌。

我爱他。

我曾想成为一朵在路边仰望，祈愿他发现并摘下的花。

而现在，我想成为站在他身旁的树。

这皎洁的月色，如同魔法般，将我心里层层叠叠的不安与茫然拂去。

我轻轻走过去，从身后抱住他，感受到他一瞬间轻轻的震动。

我把头埋在他宽阔而瘦削的背上，贪婪地汲取着他的体温。

我说：“封信，我想知道你和姚姚的故事。”

他似乎想转过身来，但我更紧地抱住他。

“我还有一句话，想要亲口听你说……”

这一幕，该如何沟通、如何表达，其实我想了很久，都没有想出正确的答案。

那天，在遇到唐嫣嫣的小饭店里，他质问我，是不是因为害怕失去，所以如此小心翼翼。

不敢质疑，不敢委屈，不敢任性。

他的质问让我差点儿迷失了自己。

但，这真的是错误吗？

回溯初心，一路走来的我，不够漂亮，也不够聪明，我拥有过什么，才成全了年少的梦？

不过是那一点儿执着、一点儿孤勇、一点儿倔强、一点儿痴傻。

当时，风安堂出事，我心慌意乱，封信一质问，我就崩溃了。

但我这人有一点优势，在以往的人生中屡试不爽，那就是，当我在漫天云雾中分不清方向时，我就干脆闭上眼睛，死死抓住手心里的那一点儿暖意和向往。

信我所信，爱我所爱。世间事如果都如初心般单纯，那每个答案都昭然若揭。

这就是我的生存之道。

一只胆怯的蘑菇的生存之道。

我对封信，其实就是这样的。

我或许真的是害怕，也或许对他太小心，但是，就算再来一次，这还是我对他的方式。

因为我就是我，我能给的，就是足够的温柔、信任、坚强。

不是不敢，只是，我并不委屈，也不需任性。

我在他身边，日子天蓝水清，一切尚好。

不知道为什么，明明是贴在他的身后，看不清他的面孔，我却感觉到，他无声地笑了起来。

是那种温柔的、明亮的笑。

一瞬间，我有种模糊的感觉，似乎之前对我的质问，只是他的小小伎俩。

在这种没来由的恍惚里，他的声音像一阵细细的电流，从他那里，传到了我的身上。

突然间如与爱人手挽手漫步雪山，深蓝的夜幕竟腾起一朵烟花。

“好。”

那天晚上，我们聊了一夜，直到天一点点亮起来。

没有刻意的剖白，也没有激动的追问，仿佛只是在聊一个又一个长长的故事。

我知道了他和姚姚的合约婚姻，知道了圈圈并不是他的孩子，知道了他为什么必须回避她们母女——他觉得当断不断只会给圈圈带来原本不必要的更多伤害。

他也知道了我和彦一的那些过往，我们曾经是小学同学，后来我在香港见到重度抑郁险些自杀成功的他，和他结下了说不清道不明的缘。

那些在外人听来或许石破天惊荒诞如戏的事情，我明明从不曾从他口中得知，此刻却内心平静，毫无讶异。

或许是错误的答案，但绝不是不堪的答案。

这是我对封信长久以来的笃定。

而我也相信，他对我的感觉亦是如此。

我和封信，表面上看，他光芒万丈，而我微小平常，但骨子里有些东西却有着惊人的相似。

我们能让彼此感到安心。

这样的彻夜长谈，在那次刚刚确定关系，他听了何欢的建议从北京偷偷飞回来想给我惊喜，而我却傻乎乎地跑去北京想给他惊喜的乌龙事件后曾经有过一次。

而此刻，没有隔着千山万水。

他在我身边。

我终于撑不住在他怀里迷迷糊糊起来。

我依稀听得他问："你是不是忘了什么？"

我闭着眼睛声如蚊蚋："什么……"

他忍不住轻轻笑了一声，轻轻拍我，像拍一个孩子。

“睡一会儿吧。”

那个夜晚，我用毫无技巧的沟通方式，重新确认了我和封信的关系。

它是善良的、牢固的、温暖的、彼此需要的。

我或许会犯错误，但我会一如初心笨拙地跟着他，用力地抱紧他，傻傻地信任他。

也是那一个夜晚，我终于相信，上天会眷顾真诚的傻姑娘。

15. 他就是姚姚生的孩子的爸爸

“慕成东，住手！你做什么呀？”我惊慌地大叫着，狼狈而失态地拼命拉扯着他。

但他却仿佛恶魔上身般，根本看不见我的存在，听不见我的声音，他的周身充满了令人战栗的气息，无论我用了多大的力气拉扯，他仍然毫不犹豫地一拳击中了封信的脸。

封信应声倒下。

我疯了般扑过去挡在封信面前，防止慕成东再次袭来。

我没有时间弄明白发生了什么事。

早上，我和封信一起送圈圈回到姚姚那里，出小区不远，就看到慕成东一个人站在路边。

封信停下车招呼他，刚发现他脸色不对，然后就毫无预兆地遭遇了他凶猛的攻击。

慕成东停了停，像失控的野兽般喘着气，眼睛血红地盯着我们。

我真的完全看不懂他这个人，明明对封信爱若长兄，却为何出手行凶；明明平日心性纯良如孩童，有时又觉深不可测，野如蛮荒。

我拦在倒地的封信面前，却听得封信用异常冷静的声音说"安之，走开。"

我呆了一下，回头看他。

他的左脸颊已经迅速地青肿起来，嘴角也有血丝渗出，但是眼神却并不慌乱。

他再次强调："安之，到边上去。"

他的声音里透出严厉的味道。

封信长相清秀，对人温柔，但骨子里从来都是个有明确主张的人，他的气质里自有一种威严，一旦认真，很少有人敢对抗。

因此我虽然心感危险，却仍然默默地退开。

封信站了起来，那一拳应该真的很重，我看出他轻微地摇晃。

幸好慕成东也没有再继续出手。

他们面对面地站着，一人凶恶，一人警惕。

这是从姚姚家的小区出来必经的一条辅道，而且是上午，经过的人和车都不多，没有人注意到这边发生的变故。

我从最开始的震惊和慌乱中逼自己冷静下来。

他们是多年的朋友和兄弟，我相信他们就算有误会也能自己处理好，我夹在中间反而尴尬。

所以虽然担心，我还是忍住了站在一边没有再冲上前。

只听慕成东突然大吼一声："你！"

却又紧急刹住，只是喘气。

封信的薄唇抿成一线，眼神冷峻地看着慕成东的脸，和慕成东的失控形成了鲜明的对比。

但我知道封信内心一定也在飞速判断。

慕成东在封信的注视下又狂躁起来，眼看又要动手。

封信突然冷喝了一声：“慕成东！”

不过只是叫了一声他的名字，慕成东却仿佛听到什么咒语般，一下子张开了嘴，停下了手。

我后来才知道，年少时慕成东经常和人打架，封信怕他记过次数太多被开除，就严肃地和他谈话，要求他克制自己的凶狠行径。

慕成东对封信爱若长兄敬若神明，虽然自己对此不以为然，却不愿让封信不高兴，因此只要是有封信在的场合，封信严厉地叫一声他的名字，他就会知趣地住手。

或许封信那一声，又唤起了慕成东对于年少兄弟情的本能反应，一瞬间让他恢复了理智。

面前的人，不是他的仇人。

他痛苦地反手一拳击向自己的胸口，封信却以更快的速度一把抓住了他的手腕。

同时，封信喝问道：“你到底怎么回事？”

慕成东却不肯回答。

和封信近距离地接触，似乎让慕成东再也无法忍受汹涌怒气的激发，他猛地甩开封信欲发足狂奔。

封信却像料定慕成东的行动般，在慕成东有所动作的同时，封信已经后退一步，却又迅如闪电地出拳击中了慕成东的脸。

我惊呆了。

我从来没有见过温文尔雅冷静克制的封信有这样暴力的一面。

但是他竟然真的这么做了。

慕成东摇了几下，没有倒地，却也如我一般惊呆了。

他呆呆地看着封信。

封信却并没有太多表情变化，但就连我，也能听得出他语气里的不容置疑。

“把话说清楚！”

就在这时间也仿佛凝固了的时刻，突然，一个珠落玉盘般清脆俏丽的笑声，像把让人喘不过气来的无形密闭空间撕开了一个口子。

首先映入眼帘的竟是一对抢眼夸张的金色大耳环。

然后是蓬松的鬈发、米色的短款羽绒服、修长的铅笔裤和新款的小靴子。

我其实不是那种记人特别清楚的人，但这一瞬间，我却清楚地想起了她是谁。

“李青蓝！”

是那个有一次在麦当劳偶遇的，号称曾与姚姚是好朋友却被姚姚抢了男人的李青蓝。

但与此同时，却还有另一个人叫出了这个名字——

“李青蓝！”

是慕成东的声音。

李青蓝的脸，却是冲着封信的。

李青蓝乐不可支，甚至笑得用手捂着肚子弯下了腰，仿佛是看到了世界上最可乐的事情，清脆的声音像金铃子一样洒了一地。

“哈哈哈哈，真没想到，这辈子这种大戏也能让我撞上，哈哈哈哈，人生真是圆满了！封医生，他怎么和你说得清楚啊？难道你要他告诉你，他就是姚姚生的那个孩子的爸爸？”

他最敬爱的兄弟娶了他爱过的女人，还生了一个孩子。

16. 谁知两场戏的女主角竟是同一人

上天的安排，有时石破天惊，有时哭笑不得，有时只能沉默。

我从来没有想过，这团乱糟糟的往事，会在李青蓝这里，得到一个梳理。

那些看似无头绪的片断，都在这里串起了一串珠链。

姚姚曾经在偶然的机会下，对我说的她和李青蓝的那段往事清楚地浮现出来。

“那个女人，是我高中时最好的朋友。

“我连出国那几年，都一直和她保持着密切联系，我们曾经无话不谈。可是回来后一个月，我就爱上了那个她追了两年的男人，她追了两年都没成功，我却成功了。

“后来，那男人抛弃了我，我们谁都没有得到那个人，却彼此成了仇人。”

那时候，我还是圈圈的早教老师，我们彼此都不知道对方于自己的特殊性，因而不曾设防。

因此也从未想过，一段听来的故事，如今却主角都在眼前。

姚姚和李青蓝是高中同学，是亲密好友。

姚姚高中毕业后出国留学，李青蓝在上大学时认识了交游甚广的慕成东。

李青蓝喜欢慕成东，她公开追求慕成东，但慕成东却把她当兄弟一样，和她朝夕相处，却不肯接受她。

姚姚回国后和慕成东一见钟情，两人迅速坠入爱河。李青蓝接受不了这转变，和姚姚绝交。

姚姚怀孕，慕成东不知何故离开C城。姚姚找上因父亲的官司存有私心的封信，和他以契约夫妻的形式闪婚。

封信在孩子出生后按约定时间与姚姚离婚，却背上了负心劈腿的恶名。

慕成东回到C城，兄弟俩都不愿意触及彼此旧伤，所以都不提自己离场的那一段人生里发生的感情事。

谁知两场戏的女主角竟是一人。

直到昨天晚上慕成东无意间发现，封信的前妻竟然叫姚姚。

他最敬爱的兄弟娶了他爱过的女人，还生了一个孩子。

他花了一晚上的时间确认这件事，还来到了姚姚现在所住的小区，谁知竟巧遇将圈圈送回家的我和封信。

情敌相见，分外眼红。

只是，任封信再如何感觉蹊跷，却也联想不到这一出。

而这时，不知道什么原因，李青蓝竟然也出现了。作为姚姚的前闺密，她成了把这幕戏的关键点打破的人。

这些碎片，都是我在一刹那间，鬼使神差地在脑海里串成的。

一些凌乱的记忆点像闪亮的光，在无尽的虚空中，以嘲笑的姿态飞舞着，渐渐凝成一条闪光的链。

李青蓝还在笑着，但在我听来，她的笑里，却含着对人生如戏的自嘲和悲凉。

姚姚没有回来的那几年，她和慕成东，也曾是相交甚笃的吧？眼前是她真心爱过一场的男人，或许那些美好片断都还留存心底，可是一瞬间时光已过，剩下的一切都已如烟如梦。

我已被这故事的神转折震惊得说不出话来。

再看现场的两个男人，慕成东脸上阴晴不定，闭嘴不言。而封信却从一瞬间的震惊表情切换到了疑惑、思索、了悟，最后，竟然嘴角上扬地微笑了。

他竟然笑了！

这种时候，他笑什么？

我真担心慕成东会再受刺激一拳挥来。但封信却丢下慕成东，转脸对李青蓝说：“控制点儿情绪，小心闪着肚里的孩子。”

他轻描淡写的一句，李青蓝竟然立刻收敛，表情紧张。

封信一伸手搭了一下她的手腕，几秒后，笑道：“没事。都当妈了，注意点儿。上次和你说了，穿鞋子不要带跟了。”

我惊呼出声：“李青蓝你……”

慕成东却比我更快地惊道：“李青蓝你怀孕了？”

李青蓝刚听了封信的话，脸上竟然露出一点儿羞涩的表情来，很顺从地点头。

我看呆了。

我一直以为，李青蓝是不幸福的，她爱而不得，被情所负，走不出困苦，所以言语尖锐、性情嚣张，不过是为了掩饰内心无法愈合的伤。

然而，此刻的她，收敛了夸张，只剩下一个普通小女人充满母爱光辉的模样。

不过短短几月之隔，她不再是上次那个李青蓝了。

李青蓝转向慕成东的脸却迅速挂上了恶作剧的表情："没错，我上个月闪婚了，遇上了让我安心的人，怀上了宝宝。"

她想了想又补充："最近都在封医生那里检查调养。"

她看着慕成东，翻了个白眼说："慕成东，真不好意思，这么久后再见，竟然让你看到我没化妆的丑样子。本来想装一下颓废让你内疚的，不过我现在过得挺开心，就放过你算了。我现在也做妈了，所以看不得孩子受苦，慕成东，你要是个男人，就不要像个缩头乌龟一样躲起来，去管管你的孩子——姚圈圈，她和封医生毫无血缘关系，她是你的孩子！"

路边的墙头，一大丛绿得耀眼的枝条垂落，像一片嫩绿色的春海。

黄灿灿的迎春如缀在长发公主发间的金花，一朵朵传递着新生的骄傲与希望。

有清脆的鸟儿的鸣叫，如音符一般，在每个人的头顶跳跃。

我想，此刻每个人心里，一定都如我般在经历惊涛骇浪、翻江倒海。

但是，在这一片混乱迷茫震惊中，我却有一点儿开心和喜悦，如这春日墙头的花朵般，沁出清香。

我相信，李青蓝是最早知道真相的人，然而，她却到此刻才点破，因为她幸福了，她放下了。

更因为，她成了一个妈妈。

她对可怜的小圈圈的那份柔软，最终让她释然了当年与慕成东和姚姚的仇恨不甘，变成解脱。

在这颗星球上，每个人一生走在命运的途中，都可能会遭遇痛苦、失落和伤害。但是，每个人都会因为对爱的渴求，而得到被治愈的机会，就像此刻变得可爱的李青蓝。

这是多么令人愉悦的事情。

因为有希望，所以才不畏惧漫长途中的恐惧与挫折，人不就是这样生生不息地活着并惊喜着吗？

我的心嗡嗡地跳跃着，像被一点点火花温暖着、撩拨着，竟然激动起来。

小圈圈，她的命运看似死结，却也出现了转机，她会幸福吗？

第四章

Flower•云涌

那些星星，在远远的天河里发着光，看似遥不可及。但因为它们的存在，我们才会在漫长的旅途里，每一次抬头，都心知家的方向。希望从不消亡，它只被放弃。

小小的长相酷似姚姚的女孩儿，像只孤独的小鸟，哪怕是游戏时间，也只远远地坐在角落里。

[楔子·她等了很久很久]

白色的欧式花园栏杆边，蓝色和淡红矢车菊灿烂开放。

广播里响着柔和的钢琴音乐，或许是因为天气好的原因，孩子们的室外活动时间提前了，一个个穿得胖乎乎的孩子像小动物一样，吵吵闹闹憨态可掬地从圆顶欧式建筑里拥出来，拥到了绿色的草地和金色的沙坑边，开始了他们欢乐的游戏。

年轻的幼教老师们前前后后照顾着，忙得不亦乐乎。

突然，一个老师发现白色的栏杆外站着一个穿着灰色风衣的男人，印象里，好像上午他就站在那里过，不过后来又不见了。

她好奇地多看了几眼。

那男人衣着精致，气质不凡，不像是坏人，也许是想来考察幼儿园的新家长。

这男人虽然长相说不上多英俊，但就是觉得挺帅的……年轻的老师有点儿花痴地想。

其实，如果老师看到这男人一周前的形象，可能会生出报警之念。

那时他还是一头金发、服饰鲜艳夸张的另类男。

而现在他已经染回了黑发，穿起了得体的风衣——这大概是他成年以来最符合大众审美的形象了。

不得不说，慕成东确实是把魅力隐藏在玩世不恭中的男人。

他是来看圈圈的。

从封信对李青蓝说出的答案默认的那一刻起，他就知道，这个故事的走向，完全脱离了他的想象。

圈圈，圈圈，那个当日在医馆见到的，像极了姚姚的小女孩儿，竟然是他的孩子。

他用了一周的时间，将自己锁在房间中，关掉所有通信设备，如困兽般醉生梦死。

他需要整理他的记忆。

那一年相爱及分别的画面，都被酒精和失眠切割成了零星的碎片，很多的细节似乎出现了偏差，像打乱了的拼图，怎么也凑不到一起。

他出身不俗，父母都是商界能人，忙于事业，对他多有内疚。

他年少狂放，我行我素，也难说不是失落带来自负。

而姚姚，从见到的第一眼起，他就感觉到这个年轻女孩儿身上有一种和他相似的东西，他仿佛在荒蛮之地接近绝望时竟然看到一个同类，那种感觉震动到无法置信。

他们着了魔般被彼此吸引、靠近、疯狂相爱，带着一种幻梦般的不真实与爆炸般的战栗。

他甚至舍不得将她的存在分享给任何一个异性朋友，包括视为兄长的封信。

他曾认真地幻想过为她穿上婚纱时如冰雪女王般出现在所有人面前的场景——觉得自己的傻气像个怀春少年却又乐不可抑。

姚姚突然冷冷地告诉他决定分手消息的那天，他像遇见她一样，觉得那是场梦。

只是美梦成了噩梦。

毕竟他是慕成东，他再沉迷，仍是骄傲的人。

所以他没有挽留，没有回头。

他的背影冷硬，看不见伤口。

他一直以为，是她负了他，但多年后，故事却成了另外一个版本。

她成了被负心人抛弃的那个，她还用她一向擅长的蛮不讲理却出奇制胜的手段成就了一段契约婚姻，因为她怀了那个负心人的孩子却一心要生下来。

这个负心人，竟然是被她抛弃后像狗一样逃离了C城五年不敢回头的他。

只是，故事再如何混乱，他终究看到了一点儿亮光：那个孩子。

所以，他来到了圈圈所在的幼儿园。

小小的长相酷似姚姚的女孩儿，像只孤独的小鸟，哪怕是游戏时间，也只远远地坐在角落里。

她对世界充满戒备，像童话里那颗小小星球上的玫瑰花，明明不能保护自己，却还要骄傲地举起自己软软的小刺，试图安慰自己不怕。

他呆呆地看着她，阳光洒在她的小脸上，那么薄的皮肤，娇嫩欲滴。

但她那么不快乐。

一种自责和心痛铺天盖地地涌来，他曾以为自己这次回来已经刀枪不入，但这一刻，无论多么荒诞，他竟然相信，那孩子也许真的是自己的骨肉。

他在她的小脸上，仿佛看到了童年时自己的无助与悲伤。

他忍了又忍，最终还是没有上前打扰，悄悄离开。

但转身间，却发现封信不知何时，正站在他的身后。

封信把一个档案袋拍在他的手上。

“我不知道你和姚姚之间当年发生了什么误会，但我想，作为一个男人，你暂时不会再想与我见面了，所以，我们就在这里说声再见吧。

“这个袋子里是你和圈圈的亲子鉴定结果。慕成东，圈圈是在我的守护下降生的孩子，我很高兴，你是她的爸爸。

“因为我知道，你虽然是个混账，但仍可让人放心。

“慕成东，圈圈在等她的爸爸，她等了很久很久，幸好，你在她长大以前回来了。”

慕成东沉默着，他承认自己对封信现在的感觉是五味杂陈，但是，或许这些不再重要了。

他还有太多太多的事情要做，每一件，都刻不容缓又充满希望。

他突然明白了那小女孩儿为什么叫圈圈。

一圈一圈，一圈又一圈。

无论走得再远，圈圈总能带你回到最初的那个点。

她是他和姚姚，命中注定的那个渴望圆满的圈。

他突然想起高中时曾经有一次去封信家玩，等封信做功课的时候，无聊翻起的一本封信书架上的童话书。

那时他对书里的情节充满了讥讽。

“被蛇咬上一口，就能够在死后回到自己的星球上去找回那朵玫瑰花，这是可笑的逃避法。”

他大大咧咧地评价。

“那花早就谢了，他也早就回不去了，世上是没有回头路的。”

封信应该早就习惯了他的出口妄言和肆意聒噪，封信一向有那种在闹市里读书也安静如莲的定力。

但那天，封信反常地停下了手里的笔，回头看了在地板上毫无形象地仰躺着的他。

漾开的笑容就像那本书里画的麦田一样温暖和煦。

封信轻声说：“如果他必须回去，那就会有路的。”

不知道为什么，许多年后的这一天，他会想起这一句来。

如果必须回去，那就会有路的。

少年清润的声音和多年后沉稳鼓励的目光奇异地重合在一起。

慕成东用力闭了一下眼睛，心里微微发烫。

风是静的，天是静的，呼吸也是静的。

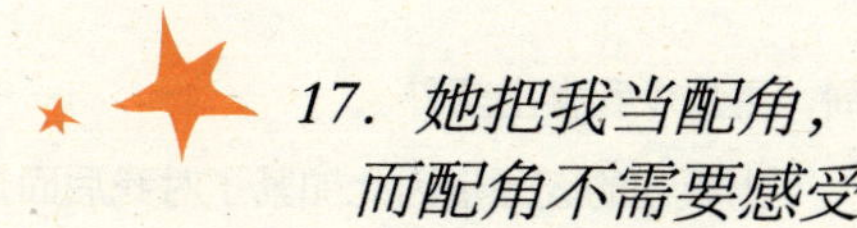

17. 她把我当配角，而配角不需要感受

春天的江南小城，渐渐雨水纷纷。

接连几天的阴雨，把新生的香樟树叶清洗得闪闪发亮，嫩绿耀眼。

我坐在窗前的工作台前，马克笔在纸上游走，有时眼睛觉得微微酸涩，就抬头看看窗外。

风是静的，天是静的，呼吸也是静的。

让人想起“岁月静好”这样的词来。

给出版社画的第一本早教绘本已经于春节后正式交稿了，出版社的老师表示很满意，我也大大松了一口气。

而上周开始，我的绘本在网络书城开始预售，一上架竟获得了不错的成绩，更是令我喜出望外。

出版社的老师也因此加紧了对我后面几本的催稿，我开心的同时，也更增加了压力。

不过，此刻我心里另有一件事，让我的情绪始终无法很好地集中在手里的笔上，让我有些烦恼。

正走神，放在工作台另一端的手机已经活泼地响了起来。

我扫了一眼，犹豫了一下，按下接听键。

七春欢快的声音从那一头传过来："程安之，你收拾好没有？记住我的安排了吗？先给自己化个妖姨妈妆！穿上我送你的艳光四射小短裙！再换上我搁门口的那双大红色细高跟鞋！最后去理发店吹一个一次性大波！用惨绝人寰的巨大改变来秒杀全场！记住，你就是我今天的秘密武器！"

我脑补了一下她说的画面，立刻起了一身细细的鸡皮疙瘩。

不过幸好她在电话的那一边，看不到我惊恐的表情。

七春使用成语的功力真是日渐长进啊……

我对着电话安抚她："好的好的，我会照做的，女王，你快去忙吧，不要担心我。"

挂了电话，我再也无心工作。

走到房间里唯一的一面穿衣镜前，我看了看镜子里那个人，简单素净的一张脸，清汤挂面的直发，眉梢眼角都是满满的与人为善的软意，实在和"惊艳"二字无缘。

再看看七春说的她放在门口的那双大红色细高跟鞋，默默地决定还是抗旨不遵。

电话里的内容，其实就是我刚才一直在小小烦恼的点：今天是七春组织的我们的高中同学聚会。

之前的很多年，我和七春一直都在外地，所以从没参加过一年一次的同学会。

去年年底我俩一起回来了，在学校时就是班上的中心人物的七春，一回到C城，理所当然就立刻接手了这次的同学会组织。而且因为她的面子，不少之前没打算参加聚会的老同学这次都决定来了，有几个还是从外地赶回来的，可谓是毕业后人最齐的一次同学会了。

我从学生时代起就一直是泯然于众人的存在，所以这种聚会对我来说原本压力也不大，问题是，我终于要和唐嫣嫣碰面了。

我有点儿不知道怎么面对她。

用流行的话来说，我是傻，不是蠢。

那日在唐家的小饭店巧遇唐嫣嫣，她当着我的面对封信演了那么小小一出，我要是回过头还转不过弯来，也枉吃了这么多年米饭了。

我们曾是高中时的闺密，因为一次事故，我们发现彼此喜欢上了同一个人：那时全校最引人注目的学长封信。

唐嫣嫣因此和我绝交。

后来封信毕业，我和唐嫣嫣又恢复了朋友关系，但到底不再有从前的亲密单纯。

大学时我们相隔两地，逐渐失去联系，各有各的路。

而我去年年底回到C城后，在婚纱店与她重逢，才知道她这些年，如同魔女换彩衣，已换上一颗烟视媚行的心，更对年少的纯情过往嗤之以鼻。

我们话不投机，过后仍是疏于联系，她知道我圆了纯白之梦和封信走到了一起，我看她嫁为人妇尘埃落定，以为她也不在意。

但小饭店之夜让我蓦然发现，她对封信，竟是有那么一份不甘的。

这份不甘，或许并不是因为那个人是封信，而是出于一个人在十字路口时选择走上了其中一条路后，回首对另一条路的本能失落和好奇。

此端玫瑰，彼端砒霜，人活于世其路弯弯，谁又能真正清楚地知道，自己内心想要的，到底是怎样的人、怎样的生活？

至少唐嫣嫣，她是迷茫的。

所以，她才会背着我，试图走近封信，甚至当着我的面，用很直接的方式抛洒她的柔情，进行试探。

而我，这样一个在高中时期连表白都不敢的胆怯蘑菇，或许在她心里，甚至不需要顾及我的感受。

她把我当配角，而配角不需要感受。

这些，我其实都已经前前后后想清楚了。

只是，我这个人，一生不曾与人相争，但凡有分歧，也都是默默地自我消化掉了。

上学时，七春就经常为我这种性格而恨得牙痒痒，冲动地替我出头，但后来渐渐了解我，也开始释然。

我只是不争，但也不让。

所以虽然想清楚了这些，我却也没有去找唐嫣嫣理论，我想只要我坚定地站在封信身边拉紧他的手就好。

结果却遇上这个同学会。

我们必然相见，我却很难像过去一样对她毫无芥蒂，而她又会怎样待我？

赶到“水云间”酒楼时，小雨已经停了。我收了伞，站在酒楼外边长长地呼出一口气。

早有服务生拉开大门，迎我进去。

这是C城一家新开的名声挺响的酒楼，整个酒楼内外都装潢成了盛唐风情，大厅中央搭了表演区，一群波涛汹涌的美人儿身着宫装在吹拉弹唱，很是夺人眼球。

倒是很符合七春张扬猎奇高调的喜好。

我进了约好的包厢，门一开，喧闹声便如水般涌出，声声入耳。

包厢里有二十来个人，我一眼就看到了最熟悉的两个人。

明艳时尚的七春，清秀脱俗的唐嫣嫣。

她们的周围，都围着不少同学在交流，俨然形成了两个阵地。

现在这两个阵地的人一起向我看来。

我扬起满脸的笑容，朝在座的人友好地挥爪。

一个有些中年发福的男同学第一时间叫出我的名字来：“程安之！”

我受宠若惊地应声，竟然真有人记得我啊。

经过一番热情的寒暄，我在七春旁边落座，耳朵里塞满了她的教训声。

我今天还是按照以往的风格，化了个淡妆，穿了身素色的衣裙。

不管是过去还是现在，我觉得做一朵安静的小花就挺适合我的。

我从来都不具备像七春和唐嫣嫣那样各具风格的惊人美丽，但我总算也能清秀得体，如果按七春给我设计的路线挑战自己，我怕我会驾驭不住。

所以我做好了让她骂的准备。

不过，不久后，她就顾不上管我了，因为同学们陆续到齐了。

岁月经年也不舍得在他的身上留下太多痕迹，他依然眉目如画，依然挺拔清瘦，依然疏朗淡定。

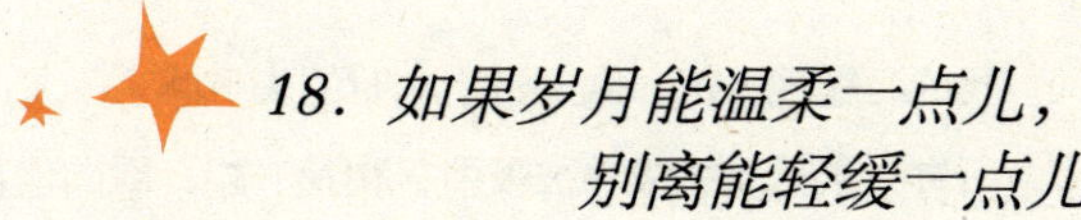

18. 如果岁月能温柔一点儿，别离能轻缓一点儿

高中同学，多年不见，每个人的变化都是从内到外的，令人惊叹。

入了官场的口气变得很领导范，自己创业的忙着结识人脉，早早嫁人生子的凑在一起各种煲奶瓶经，职场女性则互相吐槽办公室政治。

酒过三巡，不知是谁把话题扯到我身上来了。

大家仿佛突然发现了我的存在，都纷纷赞我混得不错，当年考得好，现在在大公司工作，事业有成，春风得意，看起来比同龄人都年轻精致，还有油嘴的男同学调侃我脱胎换骨变得貌美。

我向来不善应付这种虚虚实实的场合，感觉在扮演自己所不熟悉的被注目的角色，一时间十分窘迫，只好一个劲儿地笑。

就在这时，一个轻柔却清晰的声音插了进来："你们都说错了呀，安之现在幸福，可不是因为这些呢。"

我的心猛地一沉，像坐过山车时的失重感。

所有人果然立刻成功被吸引，和我一起，看向坐在我对面的唐嫣嫣。

她今天仍然极美，在一群精心打扮过的姑娘中熠熠生辉。

唐嫣嫣在学校时就是有名的美女，但当时她清高自爱，从不和男生走近，让人可望而不可求。因此在很多男生心里都是最初开在心间的那朵白莲，或许在回忆青春时，都会留下一抹遗憾和怀念。

而多年以后，她的美丽，如同落进凡间，依然光彩照人，却多了一些可亲近之意。因此，她也理所当然地成了这次聚会上最受男同学们追捧的中心。

此时她一开口，就勾起了熊熊的八卦之火。

都是成年人，在社会上也摸爬了几年，谁能听不懂弦外有音？

唐嫣嫣看大家都望了过来，轻轻一笑，嫩白细长的右手手指自然地拨了一下耳边如墨的发丝。

这个动作让她显得更加纯美可人。

她朝我眨了一下眼睛，似乎有些不好意思般，面孔上微微泛出粉红来。

“哎呀，安之，我不小心说出来了呢……我不是有意的啦……”

我已经大概猜到她要说什么。

她是了解我的，我们曾经是好朋友。

她知道这种时候，越是喧闹，越是挑拨，我反而越会沉默。

果然，在大家的起哄下，她勉为其难地害羞地“出卖”了我。

“我们安之，可是用了八年时间，把咱们学校的头号男神追到手了哦……”

答案昭然若揭，几乎不用猜，“封信”的名字就开始在席间轰然传播。

只是，在那样青葱的年纪里，那闪闪发光的少年，是一种干净的阳光的信仰。

而在成年人的世界里，信仰有时只是用来被嘲笑的工具。

七嘴八舌的惊讶调侃瞬间淹没了我：

“天哪，程安之你在学校就暗恋封信？”

“但是我听说封信离婚了啊？”

“什么！离婚了？他已经结过婚了？！”

“封信当年考了什么大学啊？”

“不是说高考完了以后他就失踪了吗？”

……

唐嫣嫣神补刀：“安之你什么时候办婚礼？我可等着喝喜酒呢……哎呀，是不是他那个女儿不同意？上次看那小女孩儿当众打你，真的挺凶的……”

我被震惊、关心、同情、嘲笑、鄙夷、围观等情绪铺天盖地地包围了。

包厢本来并不小，坐下三十人都显宽敞。

但此刻我却觉得呼吸困难，仿佛要窒息。

语言的技巧真是高深，唐嫣嫣几句话，我就成了这么让人可惜又可厌的形象。

可是，如果我跳起来反驳她，或者揭露她，那就会变成更可笑的闹剧。

我一直觉得，比悲剧更难堪的，是闹剧。

如果七春在场，可能会对唐嫣嫣掀桌，但是七春不在，她刚刚去洗手间了。

所以，我只能用我的方法面对。

我抬起头，冲唐嫣嫣笑了笑，刚想开口，包厢的门突然被推开了。

七春风风火火地闯了进来。

刚才她有点儿喝多了，说要去卫生间吐一吐，另外一个女同学陪着她去了。

可现在看她的模样，却完全没有了醉意。

更奇怪的是，那个本来陪她前去的女同学，原本已经是两岁孩子的妈妈了，说话风格也是各种女汉子的，这会儿却跟在她后面，双手轻轻拉扯着衣角，显出一副违和的少女之态来。

我正微感诧异，只听得七春大声道："来来来，大家看过来，有家属来访！"

一个身影从门外信步走了进来。

就像过去在校园里的每一次，他出现的时候，无论是在哪个场合，都有那么一个瞬间，人群会有着微妙的片刻怔忡。

仿佛他自带让时间停止的小魔法。

岁月经年也不舍得在他的身上留下太多痕迹，他依然眉目如画，依然挺拔清瘦，依然疏朗淡定。

依然是如太阳般不可直视的偶像学长。

而我们都回到懵懵懂懂的青涩时光。

"大家好，打扰了。我是程安之的家属。"封信朝大家含笑点头。

他一出现，我整个方寸就乱了。

他离开学校以后，几乎断了和所有同学的联系，虽未隐姓埋名，但也几乎是隔绝了自己的音讯。

这么多年来，除了行医救人，他生活得单调刻板自律，或许不是刻意为之，但确实对过去的自己有所回避。

我从未想过在过去的同学圈中公开与他的关系，更不曾想他会出现在我的高中同学聚会里。

他应该非常清楚，虽然不同届不同班，但以他当年在学校的声名影响，在场每个人都能轻易认出他。

一旦重新出现在这个旧日校友圈里，他这些年的种种都将被好事者深挖，离奇的扭曲的虚假的混乱的都将变成他新的负担。

这才是我最担心的。

我再也不想让他多受一点点伤害了。

他的自苦自罚，已经足够了。

封信的出现，让刚才本来就沸腾的话题有了突破口。

但气氛完全就不一样了。

“封信学长！”

“啊啊啊学长还是这么帅！完全都没有变嘛！”

“程安之你好幸福啊！”

“封学长你拐走了我们最温柔的女同学，来来来，先罚酒三杯！”

“不交代恋爱经过别想走！”

……

封信一点儿也没含糊，一手轻轻按在我的肩上，一手接过递来的酒杯。

“我认罚。”他好脾气地一饮而尽。

我急了，他酒量并不太大，三杯白酒下去就算不倒也会伤身。

大家又起哄倒上第二杯。

他却笑道：“今天我们还有事，还有两杯记在账上吧。”

七春也拿出了大姐头的气势打圆场："还有两杯冲姐姐来！封信是来接人的！姐姐我批准安之可以早退了！"

在一片嘻嘻哈哈的笑声中，封信拿起我搭在椅背上的外套，给我裹在身上。

他平时的动作就是这么温柔细致，我开始的时候会受宠若惊小鹿乱撞，时间久了，也渐渐习惯了。

但看在他人眼里，却又引来一阵起哄和尖叫。

我们出门的时候，暂时被人遗忘一直沉默的唐嫣嫣突然扬声道："封学长，你可要好好对我们安之！你连孩子都有了，我们安之可还是第一次恋爱！"

她这满满的恶意再也掩饰不住，连在场的其他同学都愕然了，吃惊地看向她。

我一下子手脚冰凉。

微微发抖间，封信揽过我的肩来，一只手爱怜地抚了一下我额前的碎发，替我将发丝拢到耳后。

他家教甚严，家风传统，即使是恋爱，也很少做出亲热出格的举动，更别提是在人前。

我正觉有些反常，却听他用异常温柔的声音说："之前，我走了一些弯路，谢谢安之一直陪着我、相信我，所以我一定会好好对她，一心一意对她，请大家放心。"

大概没有人想到，一个男人，一个曾经优秀到让在场所有人都只能仰视的男人，会这样放下骄傲，坦然地回应这场恶意的质疑。

因为太过坦然，因而变得感动。

有几个女同学明显对唐嫣嫣露出了厌恶的表情来。

七春则朝唐嫣嫣夸张地冷笑了一声，然后送我们出门。

到了酒楼外面，我才感觉到新鲜空气扑面而来的畅快。

七春满意地拍了一下封信的肩：“干得好！姐姐我可以放心地把安之交给你了！”

封信只是笑而不语。

我一头雾水：“什么？”

七春得意地说：“我刚才出去上卫生间正好遇上他在另一间包厢和人吃饭。我说这么巧，要不要过来见见安之的同学们，他立刻就跟来了！”

我这才明白封信为何会突然出现。

我有些抱歉地对七春说：“没有完成你想要的出场，让你失望了……”

七春哈哈一笑：“少说屁话，我想要的，就是这个效果！我就知道，唐嫣嫣今天肯定会出幺蛾子，这么多年了，她还是这个臭德性，以为天下人都是她妈得惯着她……你们走吧，我现在回去收拾收拾她！”

“朋友”二字，常被人挂于嘴边，但是人的一生中，能够有一次，得遇七春这样的朋友，你才会明了，这二字的真正分量。

刚才唐嫣嫣那样对我，我一直没有哭，但现在却鼻酸了。

看小说或电视剧时，我最不喜欢看到英雄的落魄、美人的迟暮。

我妈说我这是矫情病，得治。

可是，如果岁月能温柔一点儿，别离能轻缓一点儿，又有什么不好呢？

曾经天真过的姑娘，曾经倾心过的恋人，就算走到了不同的路上，渐行渐远，能在彼此的身影即将消失在视线的时候轻轻挥一挥手，总好过把一切击成粉碎模样。

我有些回避见到唐嫣嫣，或许也正是基于这一点：我们这次是该彻底陌路了。

而她终究用她的任性，把那一点儿曾有过的年少真诚，变得如此不堪。

坐进封信的车里，他喝了酒，所以要我开车。

我把车发动后，想了想，又熄了火。

我贪心地盯着他的脸看了又看，一个劲儿地傻乐。

他微笑，满眼无辜："干吗不开了？"

我扭扭捏捏地哼唧了几个字。

他迷茫："什么？请程小姐代驾要付小费？"

我急了，觉得脸发烧。

他却从善如流地伸出手来，在我面前摊开掌心。

一颗金灿灿的巧克力球魔术般出现在他的掌心里。

他含笑道："这个够不够？"

我惊奇不已地接过来，他的手指轻轻滑过我的掌心。

我佯装镇定地调侃说："严肃的封医生怎么会买这么可爱的糖果？"

他说："听人说这是刚才那酒楼自制的特色糖果，想你大概会喜欢，特意问服务生要了一颗。"

我的心一跳，又一跳。

跳成欢快的雨滴，跳成酥麻的鼓点。

就算在最奢华的梦境里，我也不曾幻想，他能如此温柔体贴，成全一个女人所有的虚荣和想象。

他比我所能想象的最好还要好。

他静静地看着我。

我瞅了他几眼，再也按捺不住，心一横眼睛一闭，解开了安全带，一个侧身扑到他怀里仰头亲了上去。

他下巴上新生的胡楂略显粗糙的摩擦感带来更为强烈的心跳。

我依然不熟练地寻找他的嘴唇，然后被他温柔而强硬地扣进怀里。

随后，我就被他唇间淡淡的酒香和柔软的触感深深地包围了。

这一次，是甜蜜到仿佛要死去的窒息……

这种变化，是那么的悄然，就像大片的绿叶丛里，青色的花蕾几乎融入一色里难以分辨。

19. 气呼呼的封老爷子

“小程丫头，你中午带相机过来，给我的宝贝们都拍个照。”

在电话里，封老爷子这样命令道。

封老爷子是古董发烧友，而我在香港时跟堪称少年古董专家的彦一学过一点儿皮毛，因为这点共性，封老爷子对我青睐有加。

我喜欢一身正气风骨铮铮又不失孩童心性的封老爷子，也敬重他是封信的爷爷，对他的话向来言听计从，不惜扮演乖巧小叭狗的角色。

不过，今天，我却从这通电话里，听出封老爷子浓浓的不悦来。

到了封家，封老爷子已经把他历年来收集的宝贝们都搬到了大书房里。

我以前多次参观过他的宝贝，老爷子虽然鉴赏水平一般，但胜在一片心诚，这些年不分良莠地收，倒也收了一些真的好宝贝。

除了上次给我看的号称皇帝用过的田黄章，还有一些瓷器和玉器，也都价值不菲。

我注意到和以往不同，每件宝贝下面都压了一张纸，我随手抽出一张看，上面是对此物的简单鉴定说明。

我一眼就认出那是彦一的字。

突然想起彦一最近都住在封家，和封老爷子朝夕相处，他年少避世，唯一的爱好也是捣鼓这些古物，且极具天赋。

不夸张地说，他对古玩的鉴定能力恐怕还在某些专家之上。

只是彦家庞大的商业帝国根本不需要他这项天赋和能力，他也对世间事无欲无求，因此世人无法得知这个领域有这样一个少年天才。

不过，他肯出手帮封老爷子对他的藏品做了这样细致的归类整理及鉴定，说明他是真把封老爷子当成亲人了。

封老爷子闷闷不乐。

我一边拍照一边问：“为什么突然要给它们拍照呀？”

封老爷子气呼呼地说：“要把它们全部卖掉。”

我大吃一惊，要知道，这些宝贝，封老爷子可是看得极重的，他年纪大了，出诊的机会也不多了，每天在家里，把玩研究他的这些收藏，是他最快乐的事情之一。

以前有人对他的藏品出过高价，他都哈哈一笑，从未动过卖掉的念头。

一方面因为他用多年努力赚得家境殷实，不差钱，另一方面也因为他对这些物件是真爱。

可现在，他怎么突然动了要卖它们的念头？

封老爷子开启吐槽模式。

原来，风安堂的一个老医生，无意间在封信的办公室抽屉里，看到一份将风安堂的地皮出售的文件。

封信竟然要把风安堂卖掉！

老医生赶快偷偷打电话告诉封老爷子。

封老爷子闻之大惊，他了解封信的个性，封信孝顺稳重，这些年俨然已是风安堂的新一任主人，大小事情很少烦到他，但卖地这件大事，封信却是最清楚他的态度的。

到底什么事会让封信瞒着自己的爷爷做出这么大逆不道的决定？！

封老爷子性子倔，本来一通电话就能明白的事，却非憋着自己琢磨。

他琢磨来琢磨去，就想到了一件事。

之前封信和慕成东在东北那边一起投资了一家现代化的大型药材基地，已经筹建了近一年，近日就要正式启动，可不知为何，上周慕成东突然提出撤资。

本来慕成东就是大股东，这一撤资，药材基地将面临巨大的困难。

虽然封信并未告诉封老爷子是什么原因，慕成东也闭口不谈，但封老爷子还是隐隐明白他们兄弟间出了些问题，自己不便插手。

但如果要卖掉风安堂的地皮来补这个空缺，也太荒唐了。

风安堂是封老爷子年轻时打拼下来的基业，在他心里是要世代相传的宅地，他宁可卖掉他的宝贝来筹钱，也不愿意动那块地皮。

何况，就算慕成东要撤资，凭封老爷子多年的人脉，在别处融资或贷款都是轻而易举的事，何至于要卖地？！

但封信竟然什么都没有说，这是把他这个爷爷当局外人了。

越说越生气，封老爷子的胡子都抖起来了。

看来卖宝贝是假，封老爷子不愿意屈尊直接问孙子，却想从我这里探点儿消息是真。

说起来，我是大概知道封信和慕成东之间出现的问题的。

小圈圈竟然是慕成东的孩子，这实在是令谁也难以想到的神展开。

但是对于小圈圈来说，这未尝不是一次新生。

封信说，以他对慕成东的了解，虽然慕成东表面上嘻嘻哈哈没个正形，但其实内心非常孤独敏感。因为慕成东生于缺少关爱的环境，所以他绝不会让自己的孩子重走他的路。

慕成东既然知道了圈圈是他的孩子，就绝不会放弃她，唯一的问题是，他和姚姚之间，当年到底发生过什么。

自己深爱的想要走入婚姻的女人，突然和他分手，隐瞒了怀上孩子的事实，嫁给了他情若手足的兄弟。

也许答案可以通过抽丝剥茧终有一天解开，但自尊的粉碎与挫伤却需要更长时间。

所以，慕成东选择了避开封信。

慕成东或许都没有考虑过突然抽身对封信的巨大压力，然而封信却没有做任何挽留，选择了让他离开。

封信说，这是自己为小圈圈能做的最后一件事情。

把她送回到真正的爸爸怀里。

只有慕成东断绝与封信的来往，他才能真正安心地去担负起姚姚和圈圈的未来。

只是这些话，封信没有对慕成东说，慕成东也没有问。

而风安堂的事情，我也听封信提过一点儿。

准确地说，并不是风安堂要整体出售，而是封信和彦一的小叔彦景城达成了某种商业合作的意向，封信以风安堂入股，彦氏企业出巨资，将现在的风安堂所在地变成现代化的商业大楼。

之前彦景城使出卑鄙手段陷害风安堂，但却得以和封信正式面对面。

不知道他们之间经过怎样的交流，双方最后竟然确定了这样的合作意向。

据说大楼落成后，下面五层仍是风安堂医馆，而上面的十几层则会变成城市的新兴综合商业体。

让医馆融入城市中心，而不是孤傲地排斥改变，让祖国的传统医学以坦荡的方式走进每个普通人的生活里，在质疑和陌生中直面挑战，让繁华商场里的购物人群也成为中医馆的受众从而成为良性的传播者——这或许是年轻的中医师封信的自信。

一阳初生，万物复苏。

我明显能够感觉到，最近的封信，越来越像我少年时偷偷观望的样子，他不发一言，却成竹在胸，他睁开双眼，从容不迫地安排和指挥着他的未来。

这种变化，是那么的悄然，就像大片的绿叶丛里，青色的花蕾几乎融入一色里难以分辨。

但没关系，我知道他一定是朝着太阳的方向行走的。

我认真跟随。

还有一个原因，我隐隐猜到，却没法和封老爷子说明。

我猜，封信开始涉足商业运作，也许和他的父亲封华即将出狱有关。

他想为他的父亲出狱后做一些铺垫安排。

因为封寻的死，封老爷子这些年来一次也没有去探过监，也许在他心里，儿子已经是另一个世界的人，与他再无瓜葛。

然而，当年封华经营的华薇集团，因为封华的入狱而一夕破产，上千员工失业，多少人命运因此而改变——那是封信心里最为沉重的一页。

也许这些年，他曾经无数次地质疑自己当年的选择，对父亲的恨和怨，又怎知不是掺杂了对自己未能阻止悲剧发生的悔?

将自己的恨和悔发泄在父亲身上，最后造成了更多人的悲伤流离，自己也因此改变了人生的轨迹，这一切，或许是封信原本温和仁善的性格里，不能承受之重。

所以，和彦景城合作，用资本的力量将一切尽可能地复位，或许是他深思熟虑后的想法。

我想,什么时候和爷爷交代这一切,用什么方式沟通,他一定有他的安排。

我其实不必太担心，现下安抚好封老爷子的情绪就好。

一边给封老爷子的宝贝们拍照，我一边思忖着等会儿偷偷短信告诉封信这件事。

同时，我也开始走神地想一些别的事。

如今封信忙着新的事业发展，我帮不上什么忙，可是，另一些让他感觉不安的事，也许我可以探究一下。

比如，慕成东和小圈圈。

我想，我应该去见一见李青蓝了。

20. 我欠他一条命

“你是没看到唐嫣嫣那天那个样子，再也不装了！一杯接一杯地跟人拼酒，笑得那个放荡！骰子玩得那叫一个纯熟！花样百出啊！”

第一百零一次描述起那天同学聚会我和封信走后的情形，七春依然一脸舒爽兴致高昂。

“谁都看得出她受了刺激，她完全就是看上了你男人嘛，这下瞎子都懂了，姐姐我一言不发，就笑看她七零八落！”

我心里暗暗叹息。

我没有七春那么干净利落敢爱敢恨，我虽然默默地在心里和唐嫣嫣划清了界限，但听闻她变成同学中的笑料还是有些不忍。

如果真的是爱，那么受些苦楚，哪怕最终凄凉，也是一出言情剧。

但唐嫣嫣对封信，又能称得上有爱吗？

也许有不甘、有忌妒、有好胜、有空虚……就算还有一点真的是爱，也因为掺杂了太多复杂的成分而变得混浊了。

所以，她这样，连是否值得都很难评说了。

我趁七春眉飞色舞告一段落中场休息的当口，插言道："你是不是认识李青蓝？"

我话题转得有点儿快，七春怔了一下，双眼一翻，陷入思考。

"李青蓝？好汉蓝？我姐们啊！怎么了你认识她？"

我"啊"了一声，笑了起来。

那天见到李青蓝后，我总觉得除了第一次在麦记和姚姚一起时见过她，还在哪里见过她似的。

某日突然记起了，有一次送七春出去，看到七春钻进一辆等她的出租车，出租车后座上妆容夸张的时尚女子就是李青蓝。

李青蓝的形象其实辨识度很高，只是我认人实在太菜。

虽然我不知道七春何时认识了李青蓝，但七春一向交游广阔，李青蓝又是七春喜欢的那种风风火火爱恨分明的个性，变成朋友并非不可能。

连慕成东都能变成圈圈的亲爸爸，七春和李青蓝是朋友又有什么稀奇？

我之所以不直接找李青蓝，先询问七春，是因为我知道七春在朋友中享有极高的声誉，如果我有求于李青蓝，她或许不会听我的，但如果七春是她的朋友，她就可能会听七春的。

没想到，居然真的撞中了。

我详细地跟七春说起和李青蓝的相识，故事实在过于狗血，听得七春大呼小叫好像在看一部过瘾的狗血剧。

时而长吁短叹，时而怒目圆瞪，时而抚胸捧心。

我对她的反应也是叹为观止。

很多的片断，其实我都有零星和她说过，但前后完整地串起来成为一条长长的珠链，真相的力量自然威力百倍。

而七春和李青蓝相识的经过也很戏剧化。

那天，七春独自跑去看某好莱坞新上映的大片。她有这个习惯，看电影要看首映场，且喜欢独自前往。

电影开场时，她身边还空了三个位子，她还有些奇怪，心想这首映的票可是很难买的，居然有人把它浪费？

开场十分钟后，一对中年夫妇带着一个七八岁的男孩子冲进了放映厅。

他们拿的票正是七春身边的那三个空座。

那对夫妇看起来衣着高档，但据七春的形容，因为搭配不得体，因而显出了浓浓的暴发气质。

但那个男孩子却完全是个小极品。

他被夹在父母中间坐着，从落座第一分钟开始，就哗啦啦地不停地撕开各种零食袋子，发出巨大的声响，吃个不停。

虽然动作片的声效已经够惊人，但男孩儿吃零食加上时不时指着荧幕大笑的动静仍然清楚地传遍了全场。

更不要说坐在近距离的七春。

在男孩儿撕开第三袋薯片时，七春拍了拍坐在她身边的中年女人，说："能让您的孩子吃零食的动静小点儿吗？影响到其他人看电影了。"

中年女人仿佛没听见一样，头也没偏一下。

七春又重复了一遍。

这回中年女人终于把头扭了过来，狠狠瞪了七春一眼，嘴里骂了句："滚开，少管闲事。"

七春这下真火了。

她直接站了起来，要去向电影院的工作人员抗议。

这时，那熊孩子突然发飙，抓起手里的薯片袋子，狠狠砸向了七春，嘴里还不干不净地骂着脏话。

七春说，当时她有点儿为难，因为对方是个小孩子，再熊也是小孩子，但她又是那种有仇必报的性格，所以她很为难这一砸之仇怎么报。

但还没等她想清楚，后面已经有人一巴掌呼了过来，拍在熊孩子的肉脸上。

她说她当时心里就惊呼了一声：好汉贵姓？！

不过没等她招呼出声，熊孩子的父母已经疯了，一个扑向那个呼巴掌的女人，一个扑向七春扯头发，而熊孩子则号啕尖叫满地打滚，电影院瞬间乱成一团。

最后的结果就是，大家电影都没能看成，但七春认识了比她更凶猛的"好汉"李青蓝。

两人惺惺相惜，一见如故，双双携手到商场血拼了一场，号称一起去了去霉气，然后友谊指数迅速升温至爆表。

李青蓝两个月前结婚，七春还去当了伴娘。当时是我帮她挑的伴娘礼服，却完全没想到新娘竟然是认识的人。

李青蓝的家，在城市的另一边。

我们到的时候，她正在阳台上晒太阳，远远地看见我们，朝我们挥手。

她家在四楼，从下面往上看，阳光正打在她的脸上，看不清表情，只觉得暖洋洋的。

她穿着宽大的碎花毛衣，动作天真可爱，远远看去，简直和清纯少女一样。

我再一次感叹她的变化之大。

一段爱情或婚姻，可以让女人从内到外变身，是善是恶，是幸是祸，有时真让人觉得仿佛是命运。

如果得到了真心呵护，利刺也会变得柔软，那就是爱的魔法吧。

她在电话里已经听说了我和七春的关系，对这种巧合也很是拍案叫绝了一番。

所以落座后没多久，我就直接提出了我的来意。

我问："你知道当年慕成东和姚姚分手的真实原因吗？"

我会这样突兀地问她，并不是没有原因的。

那天她对慕成东说的话，让我感觉她可能知道当年真正的内情。

这个内情，不仅是慕成东和姚姚解开心结所需要的，连我，其实也需要。

我心里其实隐隐有一点儿顾虑：姚姚到底是何时认识封信的？她和慕成东分手，真的是因为误会吗？有没有可能是因为她爱上了封信，所以做了这样的选择？

我相信慕成东心里，也一定存着这样的顾虑。

因为圈圈的降生，我们都理所当然地认为姚姚爱着孩子的爸爸，但是，如果当年的事，根本没有误会，只是姚姚想要离开慕成东的借口，那么，归来的慕成东，又该如何自处呢？

我很担心，如果不解开慕成东的这个心结，他和封信之间的信任，会变成莫名的仇怨，再难解开。

听到我的问题，李青蓝沉默了。

她原本是个动静挺大的人，一安静下来，让人感觉有些不自在。

七春在一旁帮我说话："好汉姐姐，你别怪我多事啊，主要是程安之这个死心眼，我太了解她了，她为了那个封信绝对能变成天底下最臭最硬的石头，回头你看着她不忍心，为她心伤心碎，结果伤着你的龙胎可就不好了……所以不如早早给点儿消息打发了她吧。"

李青蓝抬眼瞅了瞅我，啧啧两声道："原来你就是那个追了封医生八年的姑娘啊。"

我被她们说得窘窘的。

七春却说："什么叫追啊？看到人在前面那才叫追，程安之那八年可是连封信是圆是扁散落在哪个天涯都不知道，但人家就是能守身如玉心如顽铁抱着空气当恋爱啊。招惹上这种偏执狂，我也很替封信担忧的，哈哈哈……"

李青蓝也绷不住笑起来，一边笑一边指着我说："你都和封医生在一起了，可那时候你还跑去和姚姚谈教育谈孩子，要不是我相信孟七春，我也妥妥地觉得你就是别有心机啊！"

我想想这样说来，我也的确无意间伤害过姚姚的自尊心吧？

人的善和恶，功和过，又哪里能够分得一清二楚呢。

不过是别人的故事是故事，自己的故事是人生罢了。

李青蓝奚落的笑声刚落，就话锋一转，正色道："其实我很羡慕你啊，程安之。"

我疑惑道："什么？"

李青蓝说："程安之，你追也好，等也好，八年的时间，并没有什么好骄傲。也许在别人看来，会觉得感动，但我一点儿也不，我只觉得你很幸运。

因为这世上，有许多人也像你一样坚持过，甚至比你更勇敢、更努力，但他们最后不一定得到了好的结局。”

她说得如此直接，我不得不承认她说得对。

“你这么幸运，反而更加衬托出了别人的不幸，你的经历让我觉得失落，让我想起那些坚持过的日子，最后却一无所有。所以，我一点儿都不想帮助你。

“但是啊。”她从身后的架子上拿起手机，翻找通讯录，“如果是为了封医生，我愿意试试，看看能不能帮上忙。因为，那一年，我心灰意冷，脑袋发傻，乱糟蹋自己，结果和人一夜情还怀上了孩子，去流产没流干净，落下了很重的妇科病，医生们都说我很难再怀孕了。我本也不在乎，直到遇上我老公，我才知道世上有报应的，当老天再给了你一个值得托付终身的人时，你却因为以前的错误不能再为他生一个你们的孩子了。我把自己的过去都告诉了我老公，我说如果确定我再不能生孩子了，我就不嫁给你，这是对我的惩罚。但他带我去了风安堂，挂了封信的号，是封信给我开的药，对我说，没问题，你能好。在那以后，我答应了我老公的求婚，现在我肚里的孩子已经两个月了。”

她的语速不疾不徐，不似她平时的快意泼辣，像在说别人的故事。

其实，她说不想帮助我，却掏出了一颗最真的心，放在了我的面前。

“你们可能不懂，封医生那时对我说，没问题——看起来，那只是一句简单的安慰或判断，但对我来说，却是救命稻草。现在我得到的一切都是我不敢幻想的，所以，在我心里，我欠他一条命。”

她原本不必说那些让她伤心的经历的，但她说了。

我想，李青蓝这个人，也是一个能够轻易让人笑也让人哭的人啊。

我垂着头说：“爷爷，我怕您打他……”

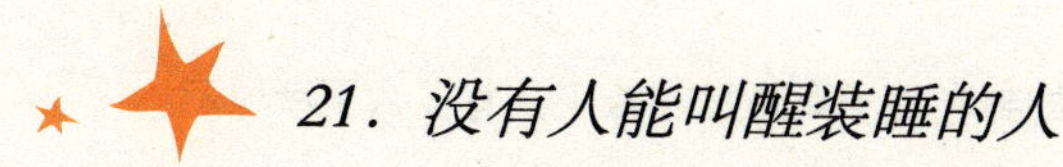

21．没有人能叫醒装睡的人

“爷爷，以后，风安堂的事，就交给我决定吧。”

“你给我跪下！”一声如狂怒老狮般的暴吼，吓得我全身生生地颤了几下，眼前仿佛出现了空气都在微微波动的幻觉。

封信就直直地跪了下去，温和顺从。

快三十岁的男人了，在外也算功成名就，在爷爷面前，却像自知犯了错的乖孩子。

也不知道哪根神经不对，下午和慕成东见完面，我突然一刻也不能等地想见到封信，打过电话知道他正在回家的路上，就约好直接到他家里见，谁知一进门就见到这一幕。

封老爷子终于火山喷发了。

我一动也不敢动，站在旁边只觉得气也喘不过来，这才知道平时乐呵呵的封老爷子真正发起威来，有多么王者风范。

因为封信私自准备出售风安堂地皮的事，一老一少的矛盾终于爆发。

我也没心思听封老爷子在骂什么，只牢牢地盯住他的手。

因为封老爷子右手上抓着一只茶盖碗，我预感他随时会用它砸向封信，如果是这样，那我就要使出我毕生最快的速度拦下它。

我一心一意地做着这件事，因为实在是盯得太用力太专注了，以至于身体都僵掉了。

也不知道时间过了多久，待到封老爷子终于扬起手来，那只茶碗眼看就要飞出手去，我终于瞅准时机，飞身一扑……

但没想到我身体太僵硬了，于是就直接脸和四肢同时着地的姿势摔倒在了他们两人中间。

更悲剧的是，封老爷子根本没有把茶碗砸下来，所以看上去，我就像莫名其妙地在人家上演的极其严肃痛苦愤怒的家庭剧里，插入了一个尴尬的喜剧元素。

封老爷子的怒骂戛然而止，我哭丧着脸抬起头来，看到了老人家不可置信的表情，我让他受惊了……

我简直不好意思再把脸转向封信，想必他也是一副不忍目睹的表情。

这一刻，我只羞愧地觉得，我真是太多余了……

只不过，经过我这么一横空打岔，封老爷子的火气似乎被冲掉了一部分。

他伸手拉了我一把，我慌忙爬起来，觉得右脚脖子钻心地疼。

老爷子没好气地冲我道：“你这丫头怎么愣头愣脑的。”

他又冲封信道：“你给我跪在这里好好想想我说的话！”

然后，他气呼呼地拉上我回屋。

我一瘸一拐地跟着，咬牙切齿形象尽失，还不忘回头偷瞄一眼封信。

他果然老实地跪着没动，只是看向我的眼神很是有些不忍。

一进到封家的大书房，封老爷子就把门一关，压低声音道："你这丫头，别以为我看不出来你是故意的！"

我吓了一跳，很是不好意思，站在那里手脚都不知道怎么放，觉得被揭穿后讪讪的。

我垂着头说："爷爷，我怕您打他……"

封老爷子自己坐到红木的太师椅上，摸了摸胡须道："所以你就在那儿使劲儿憋着劲儿，打算我要打他就冲出来护着是不是？"

我心想，我明明都没有动啊，有这么明显吗？

封老爷子长叹一口气。

他喃喃了一句什么，我没有听清，却注意到他的手轻轻抚摸了一下桌上摆的一个相框。

相框里是四个人的合影，一个是封老爷子，一个是少年时的封信，一个慈眉善目的老太太应该是封老爷子的老伴，还有一个和封信长得非常像的少女，应该是他早逝的双胞胎妹妹封寻。

我努力想看清封寻的脸，但因为距离有点儿远，看不清细节。

半晌，封老爷子转过头来，他的面上，那些深深浅浅的皱纹，仿佛岁月刻下的故事，明明暗暗。

我默默地看着他。

封老爷子指指对面的椅子，示意我坐下。

他似乎陷入了回忆。

“封信和封寻，都是我一手带大的。我那时还有着好胜心，他们的爸爸不愿意接我衣钵，我就一心想要在孙辈中找个传人。

“封信从小就天资过人，谦虚勤勉，我就下了死劲儿地栽培他。阿寻那时顽劣得多，大家都以为她过得苦，其实不是。小时候挨打挨得多的，反而是封信。”

老人的脸上随着回忆渐渐浮现出悲喜不定的表情。

“为什么呢？因为期望太高，所以不允许他出一点点错，偷一点儿懒。

“他们的爸爸来要孩子的时候，我让阿寻跟去，肯定是有我的私心的。都是我带大的孩子，我都舍不得。我一念私心铸成大错，阿寻死讯传来的时候，全家天都塌了。后来他们的爸爸入狱，他们的奶奶伤心过度一病不起，最后这个家，人丁凋落，竟只剩下我和封信。

“程丫头，你觉得我老头子经历了这些，还会把那些名利之事，看得比人重要吗？”

他突然叫我的名字，我呆了几秒。

他却又自己说下去了：“封信要卖风安堂地皮的事，我不是今天才知道的，到今天才来发这个火，只是想试一下，他是不是真的有这个决心。我老了，身边只剩他一个人了，前些年，他表面上看起来还是那样生活，但其实已经把自己不当人了。上学说不上就不上了，还来了一场假婚姻如同儿戏，关系到他自己的事，随便就能自暴自弃。这些啊，我都知道……他刚开始不肯再上学的那阵子，我每晚睡不着觉，我知道，他也一样。我们就剩爷孙俩相依为命了，他变成这样，我不能怨他，也不敢逼他，只能期望有一天，他自己能振作起来。

“那个从小就太听话的孩子，只会伤害自己，不会指责别人。他这是为阿寻的死在惩罚自己，想赔上自己的一生，怕自己过得快活，就对不住死去的可怜的阿寻。

“所以，程丫头，就冲你刚才那一出，我给你透个底……封信这次自己做主把风安堂地皮卖了，我料想他有他的打算。这是桩大事，他要做，一定有他的理由，我其实不生气。活到我这个岁数，已经看透了。封信还年轻，重要的是他不再为死人羁绊地活下去。人有了在乎的东西、想保护的东西，才会想活，想活得好……所以不管他想做的是什么，我都是高兴的。

“丫头，爷爷这次给他考验，你不要掺和，我有分寸。爷爷还要你答应我一件事，不管你有多喜欢封信，都不要主动跟他提结婚的事，一定要他来和你提。能答应吗？”

从封老爷子的书房出来，我整个人都被震撼得晕乎乎的。

很多的话我还无法消化，但我相信他是为了封信好。

经历了那么多风浪悲喜的老人，对世间事的智慧，让人感动也让人唏嘘。

我突然想到，如果封老爷子这么了解和信任他的孙子，那以封信之慧，他也一定明白爷爷的心。

他一定知道爷爷的用心，否则，以他的孝顺和细心，知道会惹得爷爷发这么大火，那他断然不会涉险。

看来唯一没搞清楚状况的，反而是我了。

这么想清楚，心里就彻底放松了。

我走到封信身边，蹲下身去，伸出双手搂住他一边的胳膊轻轻摇动。

他安静地看着我，眼神里有着我不懂的一些光芒微微闪动。

我像小狗一样乖巧地对他说："封信，跟你说，今天下午，我和李青蓝，去见了慕成东……"

他"哦"了一声，尾音轻轻上扬，似有疑问。

于是，我和他说起下午的经历。

我和李青蓝，是在一家高档健身会所见到慕成东的，他应该刚刚锻炼完，正头顶一块毛巾在休息室的贵宾区等着我们。

他看起来已经恢复了活力，又挂上了那一脸没心没肺的笑容，看到李青蓝就立刻跳起来用夸张的动作扶她坐下，逗得李青蓝笑个不停。

完全看不出他们之间曾有过那么多年的隔阂与阴霾，这或许就是成年人的自愈能力或掩饰能力。

有人说，如果你不开心，也要努力地嘴角上扬，你维持着笑的模样，别人看到你也会开心地笑，这样世界说不定就好了起来。

也许慕成东就是这样的吧。

李青蓝和他说起往事的时候，示意我回避一下，我知趣地退到了门外。

在路上，李青蓝就和我说了，这一次，也算是和她曾经飞蛾扑火般爱过的男人，做一个正式的告别。

我想她一定有很多话要对慕成东说。

他们聊了近两个小时。

大约下午四点半的时候，慕成东推门而出，他说："我送你们一程，但只能把你们捎到半路啊。"

我不知道他们聊了些什么，但从他们俩的表情上看，似乎都是平静的。

没想到，慕成东说只能把我们捎到半路，竟然是要去幼儿园接圈圈。

我和李青蓝远远地站在车边看着，慕成东已经像敏捷的豹子一样窜进了幼儿园门口接人的家长中。

他和一个中年女人打了一个招呼，远看感觉像之前见过一次的姚姚家那个保姆。

下午五点三十分，幼儿园的大门准时打开了，一个个豆丁般的粉粉嫩嫩的小朋友被老师牵着，一个个领到家长手上交接。

我看到姚家保姆过去顺利地牵了一个小女孩儿出来，是小圈圈。

圈圈原来在早教中心上课时，最喜欢的老师就是我，因为个性敏感阴郁而被我特别注意。虽然年纪稚嫩，但圈圈的脸上，却很少出现天真的笑容。她衣着精致华丽，容貌出众，但从不和同龄小朋友一起玩，总是一个人远远地离开人群呆坐着，或者自己玩自己的。

可是，今天，让我惊讶的一幕出现了。圈圈抬头和保姆说了一句什么，竟然回头朝慕成东蹦跳着走过来。

这种在普通孩子身上随处可见的欢快状态，在圈圈身上却是罕见现象。

她在我的印象里一直是冷冷的、机械的、沉默的、跛扈的。

即使是对我充满依恋，对封信充满渴望的时候，她也是紧张的、揣测的、小心的。

我看到慕成东一下子就蹲了下来，把两只手竖起来放在自己头上当兔子耳朵比来比去，那模样一定滑稽可笑，圈圈咯咯地笑了。

然后他站起来，牵着圈圈的手，保姆跟在身后，三人一起走向他的车。

他和圈圈有说有笑的样子，像满眼可见的任何一个普通家庭的组合。

不知道为什么，我感觉到了内心有一种巨大的震撼。

我甚至不明了这震撼来自何方，看看身边的李青蓝，她的眼也是湿润而温柔的。

我没有问她和慕成东聊了些什么，关于当年，到底是怎样的误会，让慕成东和姚姚会彼此都认为被对方背叛。

但我相信她对我说的，疑惑都解开了，但修复需要时间。

我和李青蓝偷偷走开，没有让圈圈发现。

离开的时候，我抬头看了一下，火焰般的霞光正爬上楼房的边缘，显得热烈却又安静从容。

不知谁家喂养的白色鸽子飞了过去，天空凑巧在此时飘下来一片小小的绒羽，轻轻软软，打着旋。

那一刻，感觉到夏天即将来到的暖意，也很想把温柔心情和封信分享。

听我说完，封信沉默了一会儿。

我以为他也会觉得意外，但他开口的时候却并非如此。

他说："我没有看错慕成东，他这么快就做到了。"

我说："什么？"

他淡淡地笑了："他们是父女啊。圈圈真正的爸爸，一定能让圈圈变成开心的孩子的。"

他没有责备我莽撞，我松了一口气。

我突然脱口而出："圈圈一直以为你是她爸爸，现在她找到她真正的爸爸了，你失落不？"

他意味深长地看了我一眼，似乎笑意更玩味了一点儿。

我被自己突如其来的嘴贱吓了一跳，感觉自己真是特别居心不良另有所指，脸腾地热了起来，立刻像兔子一样嗖地跳起来走了。

我刚走到院子里，突然发现阴影里安静地站着一个人，吓了我一跳。

我定睛一看，竟是彦一。

彦一自从住到封家，就很少与我联系了。

虽然不知道是什么原因，但他在封老爷子身边，我还是很放心的。何况那日彦景城讽刺我脚踏两只船后，我转念想想也觉得自己对彦一的关心或许的确是一种伪善。

因此对他的态度也就更加疏离了。

突然看到他在院子里站着，不知道站了多久了，想必刚才的动静都听了个清楚，不由得有些尴尬。

他却并不回避，只慢慢地走过来，说："我送你出去。"

我很惊讶过去活得那么自闭的彦一，居然懂了一点儿恰到好处的人情世故，嘴角不禁弯了弯。

走在封家的小区道路上，满天的星云像是童话世界里的华丽穹顶布，显出磅礴而精致的视觉感。

想想几个月前，我们还在彦家的大花园里告别，他说如果他死了，就是因为我抛下了他，而我却依然没有回头地狠心离去。

那些仿佛是昨日说出的狠话和傻话，竟能在这样短的时间里，变得宽容和平静。

或许人承受爱与痛的能力，都远远超过自己的预期。

而世界远比我们想象的要更加宽容和慈悲。

我问彦一："最近好吗？小叔有为难你吗？"

他点了一下头，又摇了一下头。

我还在想怎么开口问一下他寻找妈妈朱雪莉的事，他却突然说："我知道我和他的区别在哪里了。"

他没头没脑的一句，我怔了一下，想了想，说："你是说封信？"

他深深地看了我一眼，漆黑的眼瞳隐在长长的睫毛下。不知道为什么，看到彦一的眼睛，总让人觉得心里隐隐发疼。

我不忍地别过头去。

听到他轻声说："那天，我问他，我们的区别在哪儿？我们明明都很悲惨，为什么她救你却不肯救我？"

我"啊"了一声。

彦一说："他回答我说，我们也许曾经都很悲惨，不同的是，我一直在走，而你却在原地睡着了。没有人能叫醒装睡的人，彦一，你想要人伸出手，就要自己先醒过来。"

这是封信对彦一说的话吗？他从来没有和我提过啊。

但彦一说错了一点，封信从来没有把希望寄托于被他人拯救，他是他自己的救世主，我只是偶然幸运地打开了一扇窗，让一直未曾放弃寻找的他看到了外面有光。

这时，彦一的手机突然响了一声，似是短信提示。

他现在开始使用手机了，但通讯录里的人，大概不超过五个。

他看了一眼，脸色忽然一滞。

他说："小叔说，那个人……彦景儒来C城了……他要现在见我。"

不知何时开始，他竟不肯再叫彦景儒一声爸爸。

22. 他妈当然是贱死的！

身为彦一的生父，在香港居住于彦家的那段时间，我算是见过彦景儒几次的。

说“算是见过”，是因为那几次，也不过是他的私人座驾从我的身边驶过。只是还未出花园，所以车窗没有摇上，他阴沉而木然的脸在我的眼前一闪而过。

从轮廓上看，他和彦景城似乎有几分相似，但感觉年纪大很多，气质也更为独断凶悍，有一种毫不掩饰的张狂。

我是有些怕他的，因为神秘，所以惧怕。

所以每次我都是吓一跳地退到路边，低头等他的车过去。

他的神秘，总是在有关于彦一的传说里若隐若现：彦一在C城长大的十来年他从未现身，突然现身就直接以交易的方式把彦一带走。超级富豪，超级冷血……以及，在我进出彦家那么长的时间里，无论是彦一病重住院，还是幽闭在家，他竟然一次也没有踏进过这个儿子的房间。

我一直猜测，彦一变成再见面时的那个样子，一方面是因为朱雪莉的离开太直接粗暴，另一方面却是因为这个接走了彦一的所谓生父实在够极品。

彦景儒似乎从来没有把彦一当成活生生的人，在他看来，他需要一个继承人，而彦一是世界上唯一流着他的血的孩子，所以就选中了彦一。

对彦景儒来说，或许彦一不过是那纸亲子鉴定报告上的冷冰冰的一堆数字。

彦景儒给了这堆数字锦衣华服，要求他正常运行，按期望运行，如果出现异常，就直接送修。

除此之外，他甚至不想和这堆数字多一句言语。

如果是其他人，我可能不会再插手彦一的事了，可是，彦景儒却让我感到一种异常的不安。

这种不安，甚至超过了惧怕。

我感觉彦一此行会受到很大的伤害。

这种感觉可能是缘于他接到短信后那一瞬间的脸色变化。

彦一是那种对什么事都不太上心，甚至游离于外的人，不知道是因为病情还是因为性格，反正他很少有因为外界变化而产生的情绪反应。

但是那一瞬间，他对我说，彦景儒要见他的时候，他的嘴唇，是有一点儿颤抖的。

彦一在害怕。

连死都不怕的彦一却感到了害怕。

这个想法令我感到一丝冲动，我脱口而出："我陪你过去！"

赶到酒店的时候，已经挺晚了。

彦景儒并没有和彦景城住在同一家酒店，他选的地方更为豪华。

一路上，彦一一直沉默不语，我试着逗他说话，他也没什么反应。

我有些担心，偷偷给封信发了一个短信告诉他这事。

但封信也没有回我。

一下车，我就看到穿着西装的陌生中年男人迎上来。

彦一低声说：“小叔的人。”

电梯是那种直接到层的设计，也许因为密闭性太好，电梯上升时寂静无声，甚至感觉不出一丝轻微震动。

我和彦一以及彦景城安排的男人一起站在里面时，我感到一种难言的压抑感。

看一眼彦一，他的脸色也仿佛更加惨白。

到了三十层，电梯门一开，另一个穿着西装的中年男人站在电梯出口正对面等着，一见到彦一，就伸出手来。

彦一下意识地僵了一下。

我想，这个大概是彦景儒派的人了。

两个男人一前一后地跟着我们，他们谁都没有问我是谁，就好像木头人一样。

对彦家企业的这种风格，我一直觉得心里有些冷飕飕的，有时觉得既夸张又诡异，和演电影一样。

但经历过才知道，生活比电影更无常。

我和彦一被带进那间铺着极为华丽地毯的房间，还未站定，就听到一声暴吼。

平时文质彬彬的彦景城从里屋跌了出来，正跌到我们脚边，他的金边眼镜都甩落在一旁，样子狼狈。

两个男人中，开始在酒店门口接我们的那个立刻冲上去扶他，并拾回了眼镜，而另一个则木然地站着看着。

这也证实了我开始的猜想。

彦一也冲了上去，动作有些生硬地扶起彦景城。

彦一对彦景城，平时也不见得有多温和，甚至多数时候也是敌意满满，但内心里，或许连他自己都没有发现，小叔已经是他妈妈离去后他最亲的人。

彦景城自己倒似乎并不以为意，慢慢站起来，表情平静，仿佛刚才出丑的不是他，让我暗暗佩服。

他轻轻拍了拍彦一的手，像个慈祥的父亲一样，说："进去吧，你父亲有些生气，不要怕。"

然后，他又回头对我说："程小姐，你在这里等一下。"

从头到尾，都没有人对我的到来感到惊讶，倒让我有几分意外的不解。

这是一间套房，我就在外间的沙发上坐下，那两个男人却退到了一边直直地站着，他们自己倒没什么，却看得我心里尴尬不已。

里屋从开始那声暴吼后，就频繁地传出闷闷的砸东西的声音。

之所以很闷，大概是因为这酒店的装潢多是软包和地毯之类，比较难以砸出声响，让发泄的人也不太爽气。

彦一和彦景城进去后，砸东西的声音就变成咆哮质问。

倒不是我故意偷听，只是好像谁也不在意我的存在，于是声音就一波一波地传进了我的耳中。

我能认得出彦一和彦景城的声音，剩下那个说话最多语气最凶的男声，肯定就是彦景儒了。

他好像是在质问彦一为什么没有跟着彦景城在学习经商，也觉得彦景城在这件事上一直在瞒他骗他，他对此感到愤怒而失望。

这是我第一次听彦景儒说话，和他名字里的儒字截然相反，他的说话风格迅速凶狠而刻薄，句句戳人心窝，像一条毫不掩饰毒牙的蛇，嘶嘶地吐着芯子。

就算我隔着一墙远远听着，也觉得背上冰冷一片。

对家人尚且如此，简直难以想象他在其他时候是何等状态。

我突然在这时想起了彦一的妈妈朱雪莉来。

那么一个说话走路似乎都染着香带着笑的美丽女人，怎么会和这么一个毒蛇般冰冷气质的男人在一起呢？

彦景儒的声音持续传来："你这个不成器的败家样子，我怎么放心把家业交给你继承！幸好老天有眼，我以前忍你，因为我没得选，现在你再不给我打起精神，我就直接赶你出门！从小你妈就没有教好你，那种女人能教出什么好儿子……"

我心里咯噔一下，不由自主地站了起来。

意外的是，竟然是彦景城的声音先打断："大哥！阿一病还未愈，是我允他先看病……"

"闭嘴！"

又是一阵异常的混乱响动，然后是彦景城的惊呼："阿一！"

彦景儒竟也反常地安静了几秒。

彦一的声音终于传出来："我不需要继承你的家业，我只要你回答我：

我妈到底是怎么死的？”

我以为刚才彦景儒那番话，会让彦一情绪失控，但是他竟然没有。

他的声音听起来像个机器人，语调平平，透出一种让人心里发寒的固执：“我妈是怎么死的？”

我突然发现彦一有像彦景儒的地方了，对于不熟悉的人来说，他们都有一种类似于兽类的原始的阴狠气质，只是彦一年轻稚嫩，彦景儒则更让人害怕。

彦景城似在阻拦：“阿一，不要说了！”

“让他问！”是彦景儒的声音。他冷笑着，我仿佛看到他露出了森森的牙，“为什么不让他问？他妈是怎么死的，他妈当然是贱死的！”

那一瞬间，我不知道里屋的人都是何种表情反应，我只知道，我全身都发抖了。

那是一个父亲，在对他的亲生儿子，评价他的母亲。

我终于知道，彦一为什么会从儿时的捣蛋鬼，变成再见面时的疯子。

他被关在那异乡的华丽囚笼里，在这种无形的折磨中呼救无门，他怎能不疯。

第五章

Flower• 义气

有些人，在他出发的时候，他就已经知道，他的目标，是有一天死在路上。没有开满鲜花的幸福终点，也没有牛羊成群的温暖草原。但，约好了方向，还是要走的。爱情有时候，也是一种义气。

他欠哥哥的，不仅是一条手臂，更是哥哥堕入黑暗的一生。

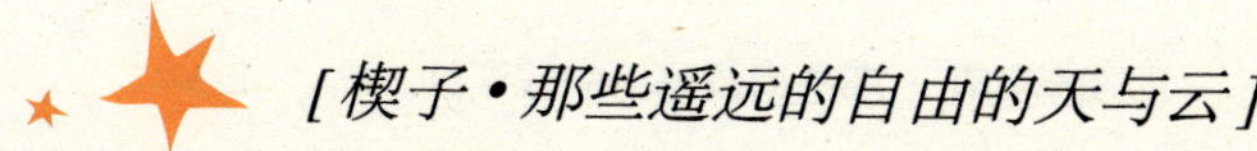

[楔子·那些遥远的自由的天与云]

在他还是一个少年的时候，他也曾以为世界是鲜衣怒马的。

他父母早亡，但哥哥是一名优秀的海员，虽然一年到头难见几次，但毕竟收入不菲，供养他所有的骄傲。

十六岁那年，他喜欢上同班新转学来的女孩儿，那女孩儿每天被家中豪车接送，而他毫不畏惧司机的驱赶，勇敢尾随。

大概不幸的开始，是女孩儿居然欣赏他。

从她向他露出第一个笑脸开始，他以为自己不再是个笑话，可是，有些人的悲剧，就在于他不想当个笑话。

当他看到哥哥的头被一群人狂笑着踩在脚下的场面时，他的手里，还不知死活地抓着送那女孩儿的戒指和花。

那戒指和花，都是用哥哥给的钱买的。

一直以为在当海员的哥哥，原来竟是为黑社会卖命的喽啰，而那个动一动手指，就能要了哥哥贱命的男人，竟然是他追求的那个女孩儿的爸爸。

自从父母意外过世，他和哥哥，就被生活分离在不同的天空之下。

哥哥在海上漂流，他在陆地生根。

可是，原来，这一切，不过都是长兄为父的哥哥，自少年时代起，就为他制造出来的温暖幻象。

他们原来一直生活在同一个地方，只是日夜不能相见。因为，哥哥选择了做鬼，为了让他堂堂正正做人。

最后，哥哥自残一臂求得那伙人对他的原谅，那些猩红浓稠的血顺着肮脏的地面蜿蜒到被踹倒在地的他的脸颊边，他胃里翻江倒海却吐不出来。

自那一天起，他就知道，这一生，他都不会再奢望幸福了。

他欠哥哥的，不仅是一条手臂，更是哥哥堕入黑暗的一生。

十五年后，哥哥已经混得黑白两道通吃自成一派，这些年来他虽然残了一臂，但凶狠隐忍胜十倍于少年时，竟生生杀出自己的血路来。

他留学归来时，再见的哥哥已是一身戾气满目凶光。哥哥对他说，阿城，你学了这么多年，来替我做生意吧。

后来，他就成了哥哥的影子。

在彦氏集团多年后彻底洗清黑色底牌昂然上市后，所有商界政界的人都知道，大佬彦景儒有个亲弟弟彦景城，是无法撼动的彦家精魂。

他精于商道，心思缜密，少言机警，有着良好傲人的学历背景，最最关键的是，他对彦景儒的忠心，好像一条狗。

彦景城其实不认为自己是狗，他觉得，自己是哥哥的影子。

狗也有狗生，但影子是没有的。

直到遇见了那个女人，朱雪莉。

那时，他的哥哥已婚多年，未育。

多年的黑道生活，已经让彦景儒的身体变得像缺少零件的机器，无论怎样维修，都恢复不了，而他的性情却越来越偏激焦躁，他迫切渴望自己的付出在下一代血脉中得到延续。

彦景城曾经以为，叫朱雪莉的女人，也不过是哥哥在各地圈养的小白兔之一。

但是，那日春风烂漫，他在C城看见她的脸，却如遭雷击。

她长着一张和少年时改变了他命运的那个女孩儿一模一样的脸。

那日，她的父亲将他捉去，让哥哥的真实境况暴露在他面前，当着他的面废掉了哥哥一条手臂——后来他转去其他学校，他与她再未相见。

哥哥混出来以后，也曾提及当日废他的那位早已死于内乱。轻描淡写的一句，仿佛恩仇都已过去。

没有人提过那个女孩儿，和他一样，她的命运也不过是轻如鸿毛的一笔。

事实上，直到朱雪莉死去，她也没有告诉过他和哥哥，她到底是谁。

她来自哪里，她是不是当年的那个少女，她经历过什么。

她什么都不说。

只笑着，如魔咒一般，笑着进入了他们的生活。

他不知道哥哥在哪里遇到她的，也不知道他们有过怎样的故事，但他知道，哥哥是爱她的。

那是一种黑色的禁锢的绝望的爱意。

他们互相伤害、纠缠、远离，像原始丛林里的野兽，不给对手留一丝温情也不给自己留一丝救赎。

而他只能在一边看着、守着，直到朱雪莉怀孕。

那天，朱雪莉的手臂攀附上他的脖颈，在他的耳边吐气如兰。

她说："彦景城，从今天起，我不要你再做你哥的影子，我要你，做我腹中孩儿的影子……这一生，守他到底。"

然后，她亲吻了他的嘴唇，在彦景儒一脚踢开房门的时候，她的眼神没有笑意，只有坚决而凶狠。

他什么都没有说，他知道，影子是不能说话的。

他悲凉地看着自己，也看着他们。

十一年的时间，足够哥哥变成更加可怕的怪物，也足够朱雪莉把孩子养大，像个普通的母亲。

唯一没有想到的是，她会得绝症。

那孩子，终究还是回到了彦家。

她死前，也没有通知哥哥，只叫来了他。

她说："彦景城，我不是把一强托付给彦家，我是把他，托付给你。"

她的眼睛那么美丽，像是一片装满自由和梦的云海，她不再笑了，她只余平静。

那是她的最后一句话。

从此以后，朱一强改名叫彦一。

他知道，他这一生，都会守着那孩子。

那当然是哥哥和朱雪莉的孩子，但是，这都不重要了。

他爱哥哥，也爱朱雪莉，所以他愿做那孩子的影子。

虽然不怎么幸福，但也并不遗憾。

如果说，他的这一生，有过什么在梦里也会笑醒的时刻，那大概是梦到在一切还未拆穿前，在他还自认为是个有资格意气风发的纯白少年时，和哥哥的一次聊天。

那一天，兄弟俩坐在山顶，各拿着几罐啤酒，学着成年人的样子，遥望着远处蔚蓝的海面。

他说："哥，出海很累吧？要不就不去了。"

哥哥说："等你上完大学找份好工作哥就不去了，你安心读书，读好了哥等着享你的福。"

"那说好了。"

兄弟俩相视而笑，拉一下拉环，碰一下酒罐，白色的泡沫瞬间涌出来，畅快简单的笑声惊飞了几只海鸥。

我们全家人一起，再次被命运推到了一个令人揪心的难题面前。

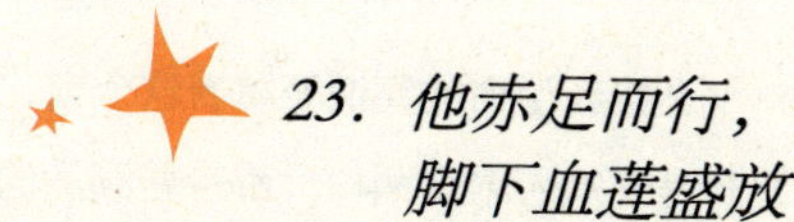

23. 他赤足而行，脚下血莲盛放

医院的走廊里，消毒水的味道分外刺鼻。

墙壁是白色的，地板是白色的，角落里的垃圾桶发出冷冷的银光，连医生们的白衣也在此刻显出一种拒人于千里之外的凉意。

我站在若素的身边，感觉自己的身体微微发抖。

脑袋乱糟糟的，根本无法思考，我茫然地抓着手机，按了几下，才发现自己本能地在按向那个叫“封信”的名字。

但和我们站在一起的何欢，却已经冲着自己的手机用异常的大声喊了出来。

“封信！你在哪里？”

关键时刻，我们想起了同一人。

已经进入孕晚期的若素，小腹已经如山般高高隆起。

迎接新生命的喜悦笼罩着这个家，无论是我们的父母，还是何老师夫妇，尤其是何欢若素小两口，都带着满满的甜蜜与期待，等着小马车下个月降临人间。

但是上个月的某一天，若素下楼去拿快递的时候，却突然晕倒了。

因为晕倒的时间非常短，也没有摔着，若素怕何欢瞎担心，就自己先上网查了查，查到说孕晚期时孩子容易压迫心脏，偶尔会出现这样的情况，是正常的，于是她就犯了一个错误，她选择了没有告诉何欢及其他家人这件事。

之后的时间也一直相安无事，虽然到了晚上会感到呼吸困难，浮肿也加重，但若素仍然觉得一切都是生产前的正常反应。

但是三天前，她又一次出现了晕倒的现象，这次何欢刚好在旁边。紧急送往医院后，医生一检查，惊讶地发现全程产检都正常的若素，竟然出现了极其异常的心动过缓现象。

简单地说，正常情况下，因为孕晚期血容量增加，母体持续为胎儿输送血氧，孕妇的心跳会快于普通人。

而若素的每分钟心跳，竟然只有五十下。

医院经过一系列检查，均未发现突然出现这种情况的原因，只能遗憾地告诉何欢，建议立刻引产。

因为即使是正常人，心脏跳动如此缓慢，都非常危险，而作为一个怀胎九个月的孕妇，她将每一天都承担着随时会猝死的风险。

并且根据若素出现呼吸困难的时间判断，这个现象已经持续了一段时间，胎儿在母体如此异常的血氧输送环境下，有百分之五十的几率可能已经发生脑瘫等严重后果。

医生还说了很多很多很多，但那些冰冷的医学数据和分析，此刻都只像钝钝的刀子，一刀一刀缓慢而坚决地割着所有人的心。

我们全家人一起，再次被命运推到了一个令人揪心的难题面前。

这次的打击太突然太大。

若素一直没有哭，她平时看起来活泼开朗没心没肺，但从小到大所有关键时刻，她都是自己拿主意。

她说："我不。"

但是，不引产，我们随时有可能失去她，而即使侥幸过了这一关，小马车也可能是个终生残疾的孩子。

虽然还未来到人世间，但他却仿佛已经是一个我们熟悉的小天使，在全家人的宠爱下生活了九个月。

若素买了胎心仪，她每晚在家里和何欢轮流和小马车聊天玩耍，听着那有力的小心脏，感受到调皮的翻滚，一切辛苦的感觉都变成幸福的期待。

原本酷帅有型的何大律师只要提起他的小马车，就会立刻变身呆萌暖老爸，被他的同事各种调侃。

我们的妈妈则早早开始手工缝制婴儿小衣服，因为不知道是男宝还是女宝，所以粉红粉蓝各缝了多件。

何老师更是连学校的合同期一到，就拒绝了再次返聘的邀请，一心一意在家等着做爷爷，每天换着法子研究汤水，把原本瘦成一道闪电的若素养成了白白胖胖的小猪。

这一切，都是这个世界对于小马车满满的爱。

但所有的爱，现在都是痛与不甘。

我和何欢陪着若素，没有回家，直接去了风安堂。

原本几家医院都要求若素立刻住院，但若素却坚决不肯。

所有的医生都态度坚决地要她立刻引产，但她和我们都无法面对这突如其来的变故。

绝望之中，封信成了我们的救命稻草。

封信正好在医馆，他仔细为若素做了检查，虽然他面上一向表情不惊，但越来越熟悉了解他的我，却仍然感觉出了一丝凝重。

我的心持续下沉。

他沉吟着没有开口，一直盯着他的若素突然说："就算你也和那些专家的判断一样，我也不会引产的！小马车是健康的，我也没问题！"

何欢从身后一把捂住了她的嘴，把她的头摁在自己的怀里。

何欢一字一句地对封信说："我相信你的医术！封信，我要保大人，如果若素有危险，我就算打昏她也会送她上手术台！"

听闻此言，一直强作镇定的若素终于崩溃，她拼命地在何欢怀里挣扎着，却沉默着不哭出来。

我看着心如刀绞，叫着若素的名字去拉她的手，却发现何欢捂着若素的手，在指缝里流出了鲜血来。

若素咬了他。

她终于撕心裂肺地哭出声来。

"我要小马车，我要小马车……"她的哭声让我忍了一路的眼泪也终于倾盆而下。

我不知道这噩耗该如何向家里的长辈们传达。

在这混乱的场面里，封信毅然站起来拍了拍何欢的肩，他的声音清越有力。

“没有那么糟。”他把这句话重复了两次，“你们先不要急，事情没有那么糟。”

他的话，在这样绝望的时刻，简直如同神音。

我几乎听到了何欢和若素心里，那种濒死时突然获得一口喘息机会的感激涕零。

“你们先回去休息，晚点儿我想带我爷爷去一趟你们家，请他一起诊断一下。”他说。

送走了若素和何欢，我关上门，小声欢呼着扑到封信的怀里。

我用脸在他怀里蹭来蹭去，把未干的眼泪蹭了他一身。

随着我们的关系越来越亲密，我对他的胆子也开始大了起来，但此刻我却不是因为其他，而是满心充斥着对妹妹绝处逢生的感激。

我又哭又笑口不择言地说：“我就知道那些医生不靠谱！封信，你真是神仙！”

一个人闹了半天，却没听到回应，我奇怪地抬头一看，封信只是静静地低头看着我。

他说：“哪里有人是神仙？无论中医西医，治病救人，从来没有百分之百的把握。我对若素的情况判断，和那些医生，其实是一样的。”

我不敢相信自己的耳朵，从他怀里直起身子，面对面地看着他的脸。

我在努力判断他是什么意思。

封信微微一笑。

他的笑容似乎有些苦涩，但并不悲伤。

他把手放在我的头顶上，轻轻揉了两下，像对一个孩子一样轻言细语。

“安之，如果我对若素的救治出现了意外，你从此以后，该如何面对我？”

像是在说一件很轻巧的事情，但我的眼前，却瞬间金星乱冒。

我从未想过这种可能。

如果若素或者小马车出现了意外，我面对救治者封信，此刻的感激，是否会化为满腔的仇恨?

最好的结果，或许也是逃避，永不再见。

那么，我和何欢，都第一时间想到把若素带来给封信，那一刻，我们对封信的心，是不是就已经存了只许他胜，不许他败的信念?

那一瞬间，我突然回忆起了封信曾经对我说过的他妈妈的故事。

他的妈妈，死于某种急腹症，但最后出手救治的，是他的爷爷。

从此后他的爸爸破门而出，丢下他和妹妹，视爷爷如世仇。

至今无法和解。

也是那一瞬间，我醍醐灌顶般懂得了：在妈妈出事后，封信仍然接过爷爷的衣钵，走上了医生这条路，是多么伟大而孤独。

这一身白衣，如死般寂寞，他赤足而行，脚下血莲盛放。

哪怕千百步的成功，只要有一步失败，就可能被荆棘刺穿心脏，万劫不复。

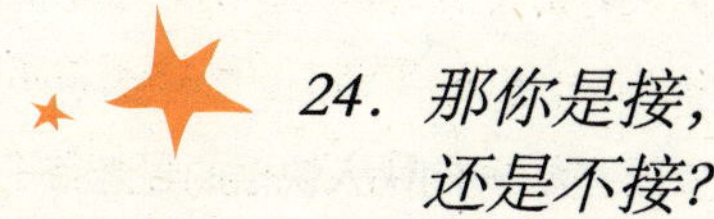

24. 那你是接，还是不接？

封老爷子面色严峻，摸着长长的白胡子，在何老师家的客厅里反复踱步。

我的父母，何老师夫妇，何欢和若素，都一齐眼巴巴地看着他。

急性子的何老师首先按捺不住，跳起来拉住了老朋友的袖子："你这老头儿，是好是歹你给个痛快话，我受得住！"

何老师因为爱好古玩的关系，和封老爷子多年私交甚笃，两个老人平日里经常如顽童般拌着嘴相爱相杀。但何老师却不止一次对我说过，若论医术，他的心里封老爷子那是绝对的神级。

但，现场恐怕除了封家祖孙，只有我想通了，这种情况下，越是至亲，越是期盼，越让人压力山大心生退意。

尤其是封老爷子，曾经经历过那么惨痛的家人离别，更是仿如昨日，阴影难以消除。

果然，一向快人快语的封老爷子，迟迟没有给出一个痛快的答案。

他无视老朋友何老师的诉求，转过脸，对坐在我旁边的封信开口道：“封信，你说说看你的判断？”

所有人的目光齐刷刷地落在封信身上。

封信长身玉立地站起身来，恭敬地面对着爷爷。

他微微垂首目光沉稳地道：“患者虽然脉弱，但气息平稳，血象不惊，且胎心稳定，胎脉清明，不似有异。另外，还过二十天就可提前催产，时间并不太久。因此，大人我有七成把握，胎儿只有五成。”

这个回答显然他已经思虑良久，但何老师仍然后退一步，跌坐在沙发上，面如死灰，受了严重打击。

封老爷子却继续追问：“那你是接，还是不接？”

我的心揪得紧紧的，我知道，封老爷子话中有话，他是在考验封信。

但我却不知他的用心是什么。

封信沉默几秒，答：“有病人需要，就要接。”

封老爷子微微点头，转身对何老师说：“这样的情况，我行医这些年，只遇见过一次。我的判断和封信是一致的。如果继续，孩子不好说，得赌一赌他的命，大概有五成几率保不住。但怀孕的丫头我能提到九成把握守住，不排除凡事都有意外。我只能向你保证，封柏南和封信会尽全力。”

说这几句话的时候，封老爷子完全不像平日里那个老顽童，他的眼睛里，闪现着庄严而智慧的光芒，仿佛身上散发着人性的柔和清辉。

祖孙俩短短几句对白，在旁人看来或许只是医生间的交流，而对他们，那是踏过了人生路万水千山后仍不放弃希望的一点儿痴心和一片真诚。

封家祖孙离场后，我们紧急召开了家庭会议。

选择摆在眼前，走哪一条路，危险都如高悬头顶的剑。

封老爷子说，他能有九成把握守若素平安。

但一成的危险，也是我们所有人无法承受和面对的。

更不要说孩子就算活下来，有可能面临的种种意外。

这样的难题，根本不可能有标准答案。

从小，我性情驽钝，不会讨妈妈欢喜，活泼机灵的若素，是全家欢笑的来源，是人人离不开的小开心果。

结婚以后，她又把这种欢乐带到了公婆家，何老师夫妇疼她宠她，连何欢都被排在了第二。

而我和若素，更是骨连着筋，血浓于水，我根本没有想过失去她这种可能，因为根本无法接受和面对，想一想都觉得罪恶。

何欢，我不用问他，就知道，若素是他的命。

集万千幸运和宠爱于一身的若素，聪明、坚强、懂事、阳光的若素，怎么会遭遇这种可怕的事情?

空气都似乎凝固了，只盼望时间静止，不要去面对任何选择与可能的悲伤。

我妈先开口了。

我妈是那种一辈子活得很硬气的大女人性格，即使女儿遭遇了这样的剧变，她一夜间头发都白了不少，但腰板依然努力挺着。

“亲家，你们对小素都好，我一直特别感激，也放心。可是这事，我当妈的不能让小素涉险，我不知道那个老医生的来头，但是就算只有一成危险，我也不能让小素受着，我经不起……”

何老师激动地开口打断了我妈的话：“亲家你不要担心，我们绝对不让小素委屈。”

……

封老爷子的判断并未理清大家的思绪，只让事情变得更加迷离。

我一直握着若素的手，感觉到她手心里全是汗。

她呆呆地低着头，看着自己的肚子，忽然肚子上拱出来一块，像一条调皮的大鱼滑过，甩了甩尾巴，又消失了。

是小马车在动。

若素的眼泪啪嗒啪嗒地掉在自己的肚皮上，那模样特别无助。

我一直告诉自己不要哭，但却感觉忍得鼻酸。

我妈一咬牙：“小素，咱还年轻……”

“不！”若素大叫一声，她向来知道妈妈的个性，很清楚她的选择。

“我要这个孩子！”她从我的手里猛地抽出自己的手，捂住耳朵泪如雨下。

女子本弱，为母则刚，以前，若素可是连打针也怕的姑娘，现在却连命都可以不要了。

我妈脸都黑了，焦躁起来，拉住一直沉默着的何欢的胳膊：“何欢，你劝劝小素，现在去医院，不能耽误了！”

何欢一米八出头的大个子，被我妈摇得晃了几晃。

但他接下来说出的话，却让所有人都几乎停止了呼吸。

他缓缓地说：“我听小素的。她活，我陪她活；她死，我陪她死。”
明明还满脸是泪，若素听到何欢这一句，瞬间平静了下来。
她说：“我们一起……”
何欢轻轻点头，爱怜地把她搂进怀里，柔声说：“好，我们一起。”

几声惊呼，一片混乱。
我妈气急攻心地跌倒在地。

我轻声说：“我不走啊，永远都不走。”

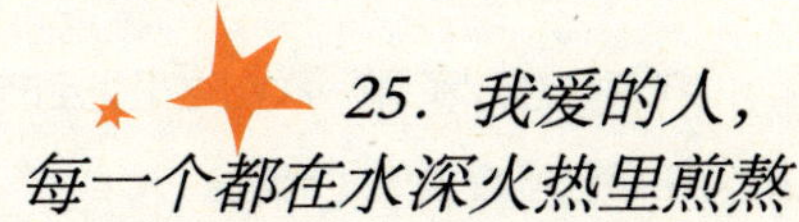

25. 我爱的人，每一个都在水深火热里煎熬

那天半夜，我突然接到封信的电话，说何欢喝醉了。

我赶过去的时候，发现不仅是何欢喝醉了，封信自己也不太乐观。

“红色、黄色和绿色……封信，你说，小马车是什么颜色的？”平时睿智理性的何大律师此刻正痴笑着，举起一根手指，在封信面前慢悠悠地晃动，舌头有些打结。

封信抬起手，啪的一下把何欢的手打落到吧台上，虽然他努力保持着镇定，但听到我的声音后，他转头过来的动作也有一种力不从心慢了半拍的效果。

“来。”他简短地吐出一个字，朝我勾了一下手。

是偶然吗？竟然又是暗夜酒吧。

我不禁想起了那一次在这里见到他的情形，那时，他像是正在坠落的太阳，任自己慢慢消失了光芒。

而我却不管不顾地冲上去拉住了他的手。

“这个人，我八年前就预约过了！”

我向着他宣布，向着所有人宣布，给自己壮胆。

啊，短短几月，似时过境迁。

一种又甜又酸的情绪涌起，此时我奔向他，已不似当日那般悲壮，我知道他在等我，我急且安心。

他在等的人，是我。

封信和何欢坐在吧台前的高椅上，面前已经堆满了烈酒酒瓶。

我知道封信向来自律，竟不知他会喝这么多酒。

“封信！”我又心疼又惊惧，只感觉他的脸比平时更白了几分。

“嗯？”他的眼神有些飘忽，完全失却了平日的犀利清冷，似乎有些茫然，他想要确定般地眨了几下眼睛。

“安之啊。”他朝我笑，身体动了一下，就像座山一样倾倒在我身上。

我幸好提前靠着吧台站住了，才没被他带倒在地。

他的纽扣擦着我的手腕，似乎有点儿破皮了，辣辣地疼。

我却顾不上看一下，像哄小孩一样笨拙地搂着他的腰轻轻拍了几下他的背。

何欢已经在边上唱上了：“我心爱的小马车呀……”

真是活久了眼界就会大开，封医生和何律师的这一幕太精彩。

封信自己摇晃了几下，又坐定了。

他抬眼看我。

他本来就长得很好看，但平日表情和眼神都过于寡淡清冷，因而有些疏离之气。此刻在酒精的作用下，竟生出几分迷离烟火感，看得我的心怦怦怦直跳。

“这是怎么啦？”

一边是封信，一边是何欢，我真是不知该顾哪头好。

其实不问也看得出，白天做了那样的选择，何欢在若素面前却只能强忍难过。

想到若素，我的心再次像浸满了水的海绵。

会好起来的吧？一定会好起来的吧？

没有哪一次，我这样真诚地希望自己有信仰，可以真诚地向我的神祷告。

我爱的人，每一个都在水深火热里煎熬。

他们都是好人，应该得到眷顾。

而我，唯一能做的，就是陪着他们，天堂地狱，誓死同行。

我对酒保说：“请帮我叫一下代驾。”

酒保却道：“这位先生已经预约过代驾了，现在在外面等着呢。”

一手指了指封信。

我牵着封信，请酒保背着何欢，一起出了门。

幸好封信还没像何欢一样烂醉如泥，只须牵着，就能乖乖走路。

我按着酒保的指点找到了封信的车，代驾司机是个中年大叔，果然已经在等着了。

我把何欢绑上安全带放倒在副驾座上，暗暗祈祷他路上千万别吐。

我再陪着封信坐在后排。

一向理性的何大律师，再度唠叨起来了：

“封信！我跟你，这兄弟没法做了……

“不不不我错了，我要谢谢你亲爱的兄弟……

“你小时候都叫我哥的，现在怎么不叫了，你叫声听听。

“你知道小素最喜欢我唱哪首歌吗？我亲爱的小马车呀……”

我简直不忍再听，希望何欢清醒后能忘了此刻的自己，不然可能会想要杀我灭口。

封信的头微微一偏，靠在我的肩上，我双手搂住他，觉得安心而温暖。

他头发上的香气清新，蹭着我的脸颊，带来异样的酥痒。

我忍不住动了一下，他却难得地低声呢喃似撒娇：“安之，别走。”

“哦。”

我不敢再动，只紧紧搂住他。

为什么何欢喝得这么醉，他也喝得这么醉？

他是不是也在害怕？

我轻声说：“我不走啊，永远都不走。”

看到前面的代驾司机，我突然想到一件事，贴在他耳边问：“封信，你不是叫我来开车的吗？”

“不是……”

他语声呢喃如孩童，含糊地嘟囔了几声，眼皮似有千斤重，静静地垂下来，如瀑的睫毛乖巧地盖上了，像倦鸟归林。

“只是，想你了。”

说完这句，他沉沉睡去，酒品很好，不吵不闹。

车窗外长街卷起花香，霓虹明亮。

他突然近身过来，在我脸上蜻蜓点水般轻轻一吻。

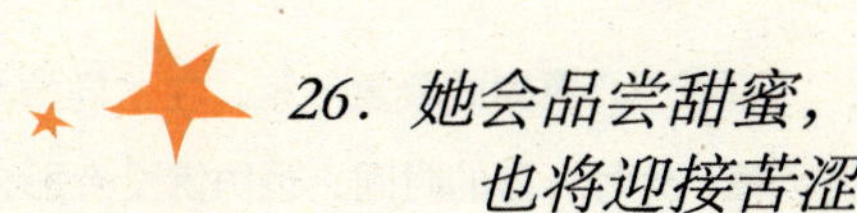

26. 她会品尝甜蜜，也将迎接苦涩

无论妈妈怎样反对，若素终究是开始了由封信护理的待产之路。

我妈索性住到了何家守着女儿。

封信基本上每天会去一次何家，我反正工作时间自由，就白天陪着若素。

于是，高冷少言的封医生每天总要同时面对我们母女三人。而我从未正式向我妈介绍过他，因为若素的事，又似乎不是最好的时机，于是他就难免尴尬。

好在他一向气质温润，无论待谁都客气而得体，因此对我妈略微拘谨倒也不显得突兀。

而我和若素就总在他走后讨论起他压力山大的小细节，姐妹俩笑得各种风生水起。

原本小心翼翼的凝重气氛，在这样的小暧昧里，被自然地化解得不动声色，每一分每一秒的时间，也仿佛没有那么难熬和提心吊胆了。

日子一天天过去，若素也平安地度过了又一周，离预产期又近了一步。

老妈也渐渐不再绷着脸，有时和亲家母一起打打小孩子的毛衣拉拉家常还能笑出两声来。

有一天，老妈终于忍不住问我："封医生……就是你对象？"

我一本正经地回答："封医生不是我对象……他现在只是若素的医生，等他上门见您的时候，才是我对象。"

头天晚上我回去后，我妈已经突击询问若素，把封信的底摸清楚了。

若素也将封信前一次婚姻的真相告诉了妈妈，经过多日的观察，我妈原本就对封信印象很好，此时听得内情，也不禁唏嘘，慈母心发作，还红了几下眼眶。

这些都是若素一早偷偷跑到卫生间里发短信告诉我的，所以我过来前已做好准备。

没想到老妈沉默几秒，嘟囔了一句："过春节时怎么不带来吃饭？"

虽然早猜到了结果，但真正听到之前一直以断绝关系来反对这段感情的老妈这样轻易就认可了封信，我心里还是像有电流窜过一样，再也调侃不起来，激动地叫了一声"妈"，就鼻酸了。

老妈白了我一眼："你妈不是糊涂人，相信自己的眼睛，外边怎么说，影响不了我。"

说着，她又叹了口气："终于知道你这迷糊孩子那时候怎么会突然那么努力念书，完全变了个样子了……"

她转过身去，我追了两步一把从身后抱住她，把脸紧紧贴在她的背上。

我瓮声瓮气说：“妈，等若素这事过去，我一定正式带他上门见您。”

话是这样说，可我妈这种实在的女性哪里忍得住？

自从确认了封信的身份后，每天封信来时，她都会瞪大了眼睛盯着他的每一个动作和表情看，只要封信一抬头，准能看见我妈那火热的慈母目光就在对面，任他再淡定，也免不了有点儿坐立难安。

我妈还很露骨地关心他的衣食住行：

“封医生，多穿一点儿衣服，春捂秋冻，不要看天气开始暖和了就穿这么薄！”

“封医生，这是我家安之和小素最喜欢的我做的泡萝卜，你拿一罐回去尝尝。”

“封医生，中午一起吃饭吧，看你瘦的，在医馆忙得没时间好好吃饭吧？何欢也是这样！”

“封医生，你昨天晚上是不是熬夜了，要早点儿睡。”

……

不要说封信，连我都快要绷不住了，尤其是可怜的若素怕动了胎气，每天忍笑忍得直喊让我揉后背。

封信是何等冰雪聪明的人，他立马猜到了我妈对他的态度从温暖的春天变成火热的夏天的原因。

有一次我送他出门，他一脸云淡风轻的表情主动和我说：“等若素生了，你也该邀请我去你家正式见见你父母了……”

我故意使坏，说：“哪有恋爱才半年就上门见父母的……好多程序都还没走呢！”

我话一落，就看到封医生英俊的脸暗了下来，有一种叫忧伤的情绪爬上了他的眉头，简直让人怜爱心碎。

他低低地说：“其实，那天，你问我，圈圈不会再叫我爸爸了，我失不失落……我其实挺失落的。”

我急急表白：“你不要失落……我们很快会有自己的孩子的！”

他很顺风顺水地接话，眉眼瞬间恢复和煦春风：“是吗？可是好多程序还没走呢……”

我哪里见过这样使诈的封信，他对我一个微笑都已经能让我傻乐半天，他突然放出十万伏的电流，我只有碎成粉末的份儿。

“我我我……你你你……”我大着舌头窘得不知如何自处，不用看镜子，也知道自己的脸又红得像一块猪肝了。

他突然近身过来，在我脸上蜻蜓点水般轻轻一吻。

什么情况！

我还在天旋地转四肢打战魂不守舍中，电梯已经到了。

门开了，我妈提着几袋菜，对着已经完全恢复了道貌岸然的封医生说：“封医生，中午又不留下来吃饭啊？”

我妈又对着目光呆滞一脸傻样的我嫌弃地说：“程安之，你出门能不能把脸洗洗干净！”

总觉得我妈的变化也太快了……

在这样亦甜亦苦的煎熬里，二十天过去了。

若素提前发作，被送往急救设备完善的预定医院。

在所有医生都来不及对这个孕妇的坚强表现惊叹的时候，若素已经异常顺利地将小马车提前带到了人间。

小马车是个漂亮的女娃娃。

在一周后若素出院的时候，她的身体各项指征都奇迹般地恢复到了怀孕前的正常状态，那些异常都消失了。

而小马车也通过了医院所有能为新生儿做的健康指测。

她睁开了黑黑亮亮的眼睛，看着这个热闹的世界，咧开了粉嫩的小嘴笑。

从今往后，她会经历很多的忧伤，更多的欢乐；她会品尝甜蜜，也将迎接苦涩；她会爱上这个美好又残酷的世界，不管生命何时结束，都不后悔来过一趟。

像我们每个人一样。

封信伸出一根手指，可爱的小马车就用力地抓住了。

她抓得那么认真，像在感受一件珍宝，发出了甜到心颤的稚嫩声音。

我看着封信温柔的脸，突然好想好想生一个可爱的孩子，长得像他，性格像他，所有美好的地方，都像他。

我想，在这样美如童话的愿望面前，所有的程序，也许都可以简化吧。

第六章

Flower • 恩爱

不要在太阳升起的时候，遥想它落下时的悲伤；不要在雪花飞舞的美景中，为它来日的消融而哭泣。在我们相信爱的年纪，不要害怕失去和分离。

如果有一天美梦成真，你会发现，是那个最初的白衣少年，一生都让你有着初恋的心情。

圈圈难道已经知道了，这才是她真正的爸爸？！

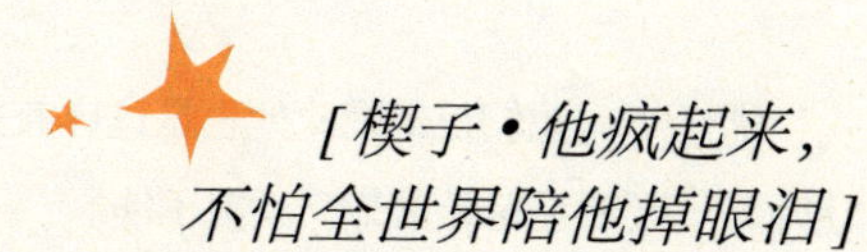

[楔子·他疯起来，不怕全世界陪他掉眼泪]

一个女人，披头散发的，在机场大厅飞奔。

她手里的电话已经传来无法接通的声音。

巨大的落地玻璃窗外，一架飞往异国温泉乡的银鸟正昂首冲上蓝天，洒脱而坚决。

她猛地刹住脚步，呆呆地看着那飞机，全身微微颤抖。

她从玻璃的反光里瞄见自己的形象，倒吸一口冷气。

她从来都是个精致的女人，怎会有这般混乱模样。

都是那个疯子！

疯子！

她咬着牙在心里骂出这个词。

突然间，她脑海里有什么东西一闪，像细细的丝线，扯痛了她的神经。

那一年，他们正相爱，他也是这样疯狂任性，这样不按常理出牌，这样让她每一天都手足无措却又欲罢不能。

而她每一次，都骂他是个疯子。

那时是甜蜜。

此时又是什么？！

大约从一个月前起，她感觉出她的女儿圈圈似乎出现了一些异样。

有一次，小圈圈在浴室里被保姆带着洗澡，竟然唱起儿歌来。

她从来没有听女儿唱过歌。

原来女儿唱歌还挺有几分天赋的，像那个人。

她心里凛然一惊，就是从那一刻开始的。

圈圈竟然会在家里快乐地唱歌，而她竟然会想到那个人。

给了圈圈另一半血肉生命的那个人。

后来又有一次，她午睡，听到圈圈在外面压低声音和保姆嬉笑，言词中带上了“爸爸”这个词。

她又是一身冷汗。

圈圈叫的爸爸，似乎不像是封信。

封信是个清冷少言的人，他对圈圈温和，但并不亲密。圈圈对他渴望，但并不依恋。

况且封信一直对她和圈圈尽量回避。

她的心里，竟又鬼使神差地闪出了那个人的名字来。

不不，不可能是他。

虽然他已回到 C 城。

她发现圈圈失踪的那天早上，保姆提着行李来和她辞行。

她暴跳如雷要报警。

然后，那个老家亲戚介绍来的中年女人淡定地掏出了一部旧手机，摁了半天，举到她面前，给她看照片。

她只看一眼，就惊呆了。

是那个人。

她爱过的人，为他生下了圈圈的人，离她远去的人。

他抱着圈圈在夕阳下转圈圈。

他陪着圈圈在游乐场玩滑梯。

他和圈圈一人拿一桶爆米花扮鬼脸。

他教圈圈坐在一大堆乐器里打架子鼓。

每张照片里，两个人都笑得乐不可支，像一大一小两个孩子。

这是从什么时候开始的?

他是什么时候知道了真相，这样神不知鬼不觉地占有了圈圈的心?

圈圈难道已经知道了，这才是她真正的爸爸？！

她按着保姆提供的号码，冲到机场时，飞机已经起飞。

全程约四小时二十分。

她一个人浑浑噩噩地返回家里，推开孩子的房间，保姆不在了，孩子也不在了，留下的一切，她竟然觉得陌生。

已经有多久，没有踏进女儿的房间了呢?

她靠着柜子慢慢地坐到地上，触手处是一只半人高的泰迪熊娃娃。

不是她买的。

记得和那个人恋爱时，他最喜欢给她买泰迪熊玩偶，后来分手，她把那些泰迪熊全剪碎了。

大概，这只泰迪熊，是他买给圈圈的吧?

可笑的是，她居然没有发现过家里多了些什么。

她缓缓地望向四周，一样一样地数，最后终于颓然放弃。

她分不清哪些是自己随手买的，哪些是历任保姆按需添置的，哪些有可能是“那个人”送女儿的。

原来，她对圈圈这样的坏。

她又想起早上时，那个保姆离开时对她理直气壮的教训。

“没有见过你这样当妈的！母鸡生了小鸡还知道要带着它捉虫，你生了个女儿怎么和仇人似的，成天给她脸色看呢?

“你知道孩子怕你怕成啥样，晚上睡觉都要问一声妈妈今天有没有在生气，说你没在生气才敢放心地睡……

“孩子爸爸多好啊，照顾孩子比你这个妈强多了，孩子没见到爸爸前，我就没见她笑过，成天和个精怪似的捣蛋，没一点儿小人儿味。你这当妈的实在是太自私，大人离婚孩子受罪，你不想好好养她，就把她交给爸爸多好！还不让爸爸见孩子，爸爸还得偷偷摸摸地见……我反正是要回老家了，听阿姨一句劝，和孩子爸爸好好谈谈，都有了孩子了，就不能只想着自己……

“你问我怎么知道那是孩子的亲爸?人家直接把啥啥亲子鉴定结果都拿给我看了……再说了，是不是孩子亲爸，那感情，骗不了人的。”

她气得全身发抖，但报警的电话到底没按得下去。

和保姆置气有什么用呢?

警察来了，只会把这段丑事放大，她是了解慕成东的，既然真的是他来了，就肯定有所准备。

他疯起来，不怕全世界陪他掉眼泪。

没有哪一次的时钟，像这次一样，走得这样慢。

慢得她觉得全身都麻木了，觉得自己很累很累，累得想要睡过去了。

当时是为什么要坚决分开，好像都不重要了。

当时是为什么不告诉他孩子的事，好像也不太记得了。

这些年是怎样一步一步走到了今天的样子，也都模糊了。

她现在只希望她的孩子还能回到她的身边。

手机终于响起来，她一个激灵接起电话，电话那边，传来小女孩儿怯生生的问候："妈妈……我和爸爸在一起……"

她拼命压住心口那股浊气，颤抖着说："圈圈，你把电话给那个人。"

小女孩儿把电话拿远，还不忘嘟囔了一声："那个人……是爸爸呀。"

好像是得到了某种安慰，小女孩儿又开心地笑了。

隔着遥远的海，他的声音传来，一时间，她发现自己竟然还会剧烈心跳。

到底是放不下的恨，还是放不下的爱?

她不知道，真的不知道。

"慕成东，你是个有自尊心的男人，你听好了，就算圈圈是你的孩子，但我也已经不爱你了，我现在爱的是你的好兄弟封信！"压不住心里的小恶魔，她喊了出来。

电话那边的人，轻轻地笑了。

“姚姚，从现在开始，已经不再是你做主任性的时间了。我的耳朵不会再听进你的任何花言巧语，我只知道，我会拉着圈圈，拉着你，我们一家三口往前走。

“我知道，我们从来都不是普通的恋人，但没有关系，我就是你的锁链、你的诅咒，这一生，我都不会再放手。”

挂掉电话，站在巨大落地窗边的男人弯腰抱起在地毯上玩积木的女儿，亲吻她的脸蛋，逗得她笑个不停。

“妈妈会来吗？”圈圈还是有些担心。

“会来的，她应该已经生气地准备赶来了，等她来了，我们要好好安慰她哦。”慕成东笃定地说。

“嗯嗯。”

“宝贝，爸爸妈妈以后或许会经常吵架，但你不要害怕，因为我们再也不会分开了。”

27. 朱雪莉的墓

朱雪莉的墓，在C城最好的陵园里。

靠近青山的一隅，春天时繁花如瀑，秋天时落英缤纷，时不时有山间鸟雀飞来，唱着无忧无虑的歌。

其实，彦一回到C城后，就已经独自来这里寻过几次，他猜想应该是在这里，但始终没有找到。

因为彦景城在墓碑上为她刻的是另一个名字。他始终相信，这里长眠着的，就是少年时遇见的那个天真美丽的少女，曾经改变了他和哥哥一生的命运。

也许因为世事颠沛，她成了另外一个人，到死也不肯承认自己是谁。

但他终于还是在她长眠后，把她的真名还给了她。

“李黛。”

彦一纤长秀美的手指，轻轻抚过墓碑上的这两个字，几不可闻的声音，从他的唇间逸出。

她躺在这里，一生的爱恨都摊开在阳光下，有些永远不会有人知道的真相，也渐渐被风干，了无痕迹。

她是彦景城的初恋。

她是彦景儒的爱恨。

她是彦一的妈妈。

她是封老爷子念念不忘的特殊病人。

她是传说。

我站在彦一的身边，阳光照在我们的身上，我感觉到暖意。

但身体里，却似乎有另一种暗涌，如冷风过境，激烈撞击。

收集的记忆碎片，听来的只字片语，都像汇成惊涛的水，冲刷着灵魂的堤。

那一天，彦一见过彦景儒后，彦家多年凝固的命运，已如撕开的口子，开始流转。

多疑而固执的彦景儒，通过多年的努力，利用不断进步的尖端生殖科技，终于培养出了一组属于他的健康胚胎，植入了年轻代孕少女的身体。

他带来这个消息时，那已经是一对已经在母体内健康存活了四个月的男性双胞胎。

也就是说，大概不到六个月后，彦家就会拥有一对未来继承者。

彦一不再是唯一的棋。

这对于彦一来说，其实不是噩运，但对于彦景城来说，却是沉重的打击。

他终于知道，自己对彦一的守护，从来不是因为他是彦家唯一继承人，而是因为他是彦一。

是朱雪莉托付给他的彦一。

我不知道他们叔侄间进行了怎样的交流，我只知道，他们最终选择了另一条路。

彦景城决定辞去在彦氏集团的所有事务，带着彦一去英国生活。

那里有他当年留学时的挚友，对方正在为一家超级博物馆寻找合适的管理者，偶然得知彦一的天赋，更是欣喜若狂，希望能在古物鉴赏方面为他提供更专业广博的研究平台。

我知道，这一次，彦一是真的要与我告别了。

这次的告别，似乎与几个月前的那一次，又不一样了。

我们一起站在朱雪莉的墓前，他蹲下身去，把怀里的大束桔梗花放下，细心地用手指整理好花瓣的模样。

他轻声和妈妈说着话：“喂，雪莉，我回来看你了。”

他小的时候就一直当着同学的面直呼他妈妈的名字，像个小无赖。

在妈妈面前，他终于不再是那个冷冰冰的像个鬼魂一样的少年，他开始融化，生命一点一点回到他的身体里，他是小无赖朱一强。

我的鼻子酸酸的。

我想，彦景城终于告诉了彦一一切真相，也告诉了他朱雪莉的墓地，一定是因为，他知道自己错了。

他想保护彦一，他的方式是不顾一切地让彦一不去接触那些他认为阴暗的过往，他怕彦一知道朱雪莉和他以及彦景儒的恩怨，他怕彦一不能理解这复杂的人世纠葛，他以为挡住风霜，彦一就能阳光地干净地活着。

就像当年彦景儒曾经试图这样保护他的弟弟一样。

但正是这样的保护，让彦一一步步因为惶惑、猜疑、自我否定，而变成疯狂模样。

我想，封老爷子那天对彦景城说过的一句话，是老人对这场悲剧关键的一眼洞穿。

他说，彦一害怕的，其实不是他的身世如何残酷难看，而是他是带着仇恨和厌憎来到这个世界上的。

他需要知道自己是被爱着的、被需要着的。

那才是人活着的意义。

希望不晚。

我向着朱雪莉的墓地虔诚地鞠躬。

我在心里默默地希望她保佑彦一此后的路不再黑暗。

我看到一滴晶莹的水珠划落空气落在桔梗上。

彦一哭了。

在香港时，他疯狂、他麻木、他自残、他跋扈。但他从来不哭。

现在他终于哭了。

伤口流出鲜血，才会终有愈合的一天。

我蹲下身，选择了什么都不说，安静地陪在他身边。

不知过了多久，彦一终于抬起头来，他的脸上已经看不见泪痕。

他对着洁白的花朵轻声说："雪莉，我要走了，这些年，为了找你，我什么都没有做，快变废人了。以后，知道你在这里，我就放心了，只要回来，我就会来看你的。"

想了想，他又拉了我一把，指着我，缓缓地说："对了，这个女的，你还认识吗？我小学时候欺负过的那个同桌，程安之，你那次教训我要我以后对人家好点儿的。”

他看了我一眼，叹了口气：“但是我没办法对她好了，雪莉，她不肯嫁给我，要嫁给别人了。”

我一急，刚想说什么，他却微微笑了一下，做了一个噤声的手势。

微笑这个表情，对他来说，或许因为陌生，已经有些僵硬了。

但长得这样好看的彦一，哪怕是一个生硬的微笑，也仍然能让百花盛开，溪水欢唱。

我在心里千万遍地说：以后，你要好好的啊。

他说：“程安之，最后一次，再抱一下吧。”

他张开双臂，小心地把我抱在怀里。

我们维持着这个姿势，像一个神圣的仪式。

他说：“程安之，再见了。以后你和封信的婚礼，不必告诉我，我就不参加了。”

他的眼睛亮亮地看着我，哪里像喝醉的人：“不行。因为我好奇。”

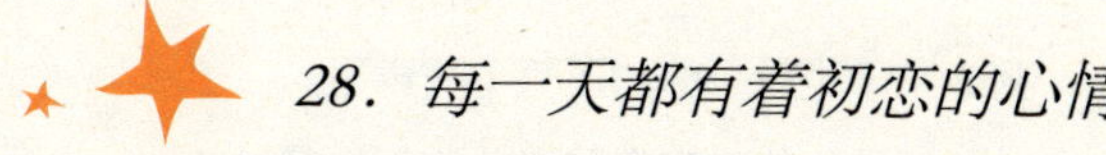

28. 每一天都有着初恋的心情

彦一离开后一个月，C 城渐渐进入了初夏模式。

街上的漂亮姑娘们开始勇敢地穿起了短裙，满眼的衣裳和橱窗里的颜色都开始鲜艳丰富了起来，让人觉得热热闹闹的。

小马车降生后，双方的老人都度过了最初手忙脚乱的升级阶段，开始从容不迫地含饴弄孙，我和封信的事就开始重新被关注了起来。

这几个月下来，封信的事业规划开始按他的调整目标渐入佳境。

虽然彦景城离开，但他和彦氏集团的合同仍有效履行。风安堂暂时另租了场地开张，那一片原属于风安堂的地皮开始轰轰烈烈的重建中。

开工前，封信细心地把医馆门前的几株老蜡梅移植到了自家的院里，这样封老爷子一推开窗，就能看见他熟悉的树。

封老爷子也就顺势消了气不吱声了。

之前因缺少流动资金差点儿停工的药材基地，也顺利渡过难关。

我们开始更多地融入到了彼此的生活中去，有时一起看看书，有时也出去看看电影，有时什么都不说地靠在一起打手机游戏，封信之前很少玩这些，但如我所料，他稍一熟悉上手，成绩就开始一日千里的进击，并试图琢磨如何横扫一切排行榜。

他也渐渐成为我家出入的常客。

从第一次上门拜访的稍显尴尬，到后来越来越轻车熟路不动声色地讨好我爸妈，常让我惊叹封医生做这些事真的是第一次吗?

总之，我身边的每个人，似乎都慢慢开心起来了。

这真是让人感到愉悦的事情。

这一天，在我家吃过我妈的爱心晚餐，接招完我爸的小酒攻势后，封信叹着气表示头晕。

我一看就知道有诈，可我妈已经大呼小叫地一把拖起他，进了我的房间，用力把他摁在了我的小床上躺着。

我跟进去的时候，就不出意外地看到了封医生的英俊面孔上，微微含着的笑意。

人真是学坏容易学好难哪。

我见我妈已经带上门出去了，就坐到他身边，伸手揉乱他的头发。

他一把抓住我的手，放在他的额头上。

他的额头透过我的手心传来温温的感觉，我居高临下地俯视着他，小声问：“你干吗？”

他把我的手掌拉下一点儿，轻轻覆在他的眼皮上，眨了一下眼睛，长长的睫毛就像蝴蝶的翅膀擦过我的皮肤，让我的心一酥一颤。

他说：“刚才听说你这里有我半本数学书……拿给我看看。”

我大惊，轻叫道：“喂！你偷听！”

刚才在客厅里，他陪我爸喝酒，途中起身接了个电话。

就在那一会儿，略略喝高了的我爸，瞅了瞅还在厨房忙着添个热菜的我妈，开始抓着我吐露心声。

“你真以为你妈那么不懂事？那次和你吵完架，她嘴上不说，其实经常一个人坐你房间整理那些旧东西，她心里可难受了。

“那次她突然问我：安之高三那年，成天捧手上的半本数学书，我偷偷瞅过，不是她的，上面的名字是不是就叫封信？

“我说我怎么知道。她就自言自语：老头子，我觉得我好像错怪安之了啊。这孩子好像不是看中他家有钱，她打高中那会儿就喜欢上人家了啊。

“所以在小素和你妈说封信结婚离婚的真相以前，你妈其实就已经接受你们了，她可厚着脸皮打听了不少人，还装病人到他的医馆去找每个医生看病旁敲侧击的……你以为她喜欢小素不喜欢你？这些年你在外边，她可没睡过几晚安生觉。

“你的性子啊，就像你妈，什么事都搁心里，只有遇上领情的，就知道她的好。这些天，我和你妈都看着呢，不管你和封信之前是怎么回事，但现在我们都觉得你选对了。以后你们就放心地往前走吧，有什么流言蜚语，爸妈都给你们顶着。”

我爸一边说，我的眼泪一边唰唰地流了下来，只知道一个劲儿地狂点头。

我爸说完就头一歪开始倒在沙发上打呼。

过了一会儿，我妈端着菜出来，封信也接完电话回来，我的眼泪也已经擦干净了。

原以为这场醉后的谈话会是父女间的小秘密，没想到封信竟然一边接电话，一边把我爸说的话也听进去不少，还提炼出自己感兴趣的关键词来了。

他一本正经地摇头："我哪有偷听……你爸的声音那么大。"

我红着脸争辩："你可以装作没听到的！"

他的眼睛亮亮地看着我，哪里像喝醉的人："不行。因为我好奇。"

我真是被他吃得死死的，最后只好去找。

那半本数学书，是当年封信他们年级高考完后，毕业班学生们发起的撕书大混乱中被我侥幸找到的。

那时，我只是一个成绩平平、才艺平平、不起眼的学生。

我和七春，在撕书大混乱后，在教学楼下如雪般的茫茫纸屑破书里，找了很久。

原本我是帮她找她失手扔出去的课本，结果我却无意间找到了写着封信名字的属于他的半本书。

在封信离校后的日子里，这半本有着他的笔迹的课本，就成了我的宝贝，伴我度过了那段最刻苦努力的岁月。

我小心地从书架上抽下它来。

明明书皮我都已经重新包过了，没想到还是被细心的老妈发现异样。

我还在扭捏着，床上躺着的人已经忽然立起上身，手一伸就把我手上的书捞了去。

翻了几页，轻轻的笑意就溢满了他的眉梢眼角。

在他俊逸的笔迹边，有着无数我添上的小心情——

想你。

你在哪儿呢？

今天考砸了，好想抱抱你。

……

我捂着脸装死，下一秒，就被那个人卷进了怀里，我不管三七二十一，一脑袋就埋进了他的胸膛里。

迅速升高的体温像一团无形的火，带着青春年少时的心跳在我们之间汹涌着、跳跃着。

无声无息地缠绵了一会儿，听到他轻笑的声音。

“看来你今天能变成绘本作家，我是你当年练习的好素材啊。记得你还为我画过漫画吧。”

我死也不抬头。

他轻轻抚摩着我的头发，我的头发已经越来越长了，披在身后，像小毯子。

他的指尖像弹钢琴一样在我的发间滑动，弄得我麻麻痒痒的。

“程安之同学，真的不要交流一下美梦成真的感受吗？”

这气定神闲的调侃，真的是那个温和优雅的封信吗？

我想了想，一咬牙把头伸出他的怀抱，把脸凑到他的面前，满意地看到他瞳孔里小小吃了一惊的反应。

我说：“那个……其实，那些暗恋你的漫画，我还留有一部分，你现在要不要看？”

我才不要告诉他，美梦成真的感受。

在和他相处的过程里，我已经深深地明白，这场爱恋是从我开始，我这一生，大概都要被他各种调侃欺负了。

虽然，我那么愿意。

其实，我曾经无数次地感恩自己的幸运，一路走来，身边的每一个人，在看似匆匆的身影后，都是满满的故事，每一个人的故事，或许都比我更精彩。

无疑，我是幸运的。

幸运的是，我从最初最简单的开始，坚持到了现在。

世间有各种嘈杂的声音，影响着我们的初心，也许只有聋子和傻瓜，可以不受影响。

我因傻而幸运。

如果可以再来一次，我还是想这样告诉自己：

不要在太阳升起的时候，遥想它落下时的悲伤；不要在雪花飞舞的美景中，为它来日的消融而哭泣。在我们相信爱的年纪，不要害怕失去和分离。

如果有一天美梦成真，你会发现，是那个最初的白衣少年，每一天都让你有着初恋的美丽心情。

29. 镜里双鸾到白头

又是一年开学季。

因为上次和封信偷偷回母校的时候，被当年的教导主任郭老师认出，加上在我的同学会上露了一面，封信的名字又逐渐出现在了我们的校友圈里。

正值母校三十周年建校庆典举行，郭老师特意给封信打来了电话，希望他能参加，说当年的很多老师都想借此见见他。

封信倒没有推辞，只是和我说了一声，要我也准备一下一起前去。

想到要面对那么多旧日老师和优秀校友，我还挺忐忑的，小虾米心情发作，晚上都有点儿闹失眠。

幸好那个日子很快就到来了。

那天一大早，我就开始爬起来各种梳妆，和我同住的七春阴森森地损我："啧啧，果然恋爱的人都低到尘埃里，程安之你这是怕给封信丢面子……"

我从一大堆裙子里探出头来，哭丧着脸：“七春姐我亲爱的姐，你能说句话安抚一下我不安的心吗？”

七春上上下下打量了我一番，又啪地按亮了我的手机，主屏幕上封信的脸堪称完美地看着我们。

她再次提高分贝啧啧啧了几下，然后下结论：“我要对得起自己的良心。没错，封信这次带你去，面子是丢定了。”

我拿着一条真丝裙子扔向她的脸:“好了,从现在开始请你安静如龟……”

互损归互损，七春还是那么够义气，当她陪着我一起准时赶到学校时，学校里已经是人山人海。

响亮的朝气蓬勃的青春音乐在整个校园回荡，熟悉的热血感瞬间点燃，背上的鸡皮疙瘩都瞬间起来了。

如果说，还有什么，能让人随时随地如遇初恋般点燃，那大概就是曾经的青春回忆。

那些回不去却深刻心间的闪亮日子。

远远地，我看到操场主席台那里，封信站在几个校友和老师中间的身影。

他举手投足，自成焦点。

一个恍惚，仿佛时空错转。

我爱的那个少年，依然穿着白色衬衫，在如瀑阳光下，在熙攘人群间，在每一个角落，他都能轻易吸引我的视线。

他让我贫瘠的青春，变得完美而丰盛。

正式的庆典还没有开始，各个年级各个班的学生正在操场上排着队，现在的校服好像已经有所改良，不再是一味的宽大，显得更加玲珑有致青春活力，颜色却依然是如水的淡蓝。

封信的目光似乎是不经意间，向我这边扫来。

他发现了我，立刻朝身边的人说了一句什么，然后大步向我走来。

我瞬间感觉到那一片的老师和校友都调转了目光焦点，随着封信迅速走近的身影直接定位在我身上。

封信朝七春点了点头，我还存着一点点逃避的侥幸，他却已经从容地拉起了我的手，把我带到了刚才的人群里。

“程安之，竟然是你！”封信还未开口介绍，一个浑厚的男声带着欣喜，提高了声调喊出我的名字。

我定睛看去，见是一个剑眉星目的男人，似乎有些眼熟，但想不起是谁。

对方热情地伸出手来：“我是唐凯啊！美术社的！”

我“啊”了一声：“唐凯社长！”

竟然是那时学校的美术社长唐凯。

记得那时，他和封信关系还不错，我也因为加入了美术社参加了一些社团活动的原因，和他有一些交集。

但当时封信也好，唐凯也好，都是学校里众女生仰慕的闪亮人物，而我只是角落里最不起眼的那棵小草。

所以，对于唐凯一眼认出我并叫出我的名字，我挺意外的。

唐凯看看我，又看看封信，恍然大悟冲他道：“想起来了！我说你那时候怎么突然问我美术社里是不是有个叫程安之的女孩子，敢情你那时就有心了吧！”

我不敢相信地扭头看封信，他却只是笑而不语，拍了一下唐凯的肩道：“林夏快生了吧？”

唐凯顿时喜上眉梢："是啊，下个月预产期，所以今天没要她来……哎，我说你小子不用去我家探望啊，我好不容易把女神追到手成了媳妇，你一出现她又春心荡漾就前功尽弃了！"

旁边一个戴眼镜的男人掏出手机佯装要拨："我要立刻打电话给林夏告诉她！"

封信摇手："别闹别闹。"

我忽地想起林夏好像是那时和封信一起画过墙画的女孩儿，没想到她最后竟然和唐凯走到了一起。

唐凯还在张牙舞爪："程安之，你可把封信看好点儿，这小子重出江湖对我们可不是好消息……"

话未落音，他已经被封信直接勒颈，白眼直翻，周围阵阵哄笑。

这些都已经在职场里崭露头角绽放光芒的精英，穿着笔挺西装，一回到这个曾经出发的小小校园里，却仿佛又重新变回了那一年无虑亦无忧的少男少女，疼痛也是快乐，流泪也是甜蜜。

而最让我感动的，是封信仿佛在不知不觉中重新找回了那个少年时的自己。

有时看天，有时看云，有时在人群熙攘中淡然，有时在意气风发里坚定。他清楚自己要去的方向，也不畏惧人言的干扰带来迷茫。

他重新拥有了不大不小的生活圈子，一切变得自然而温暖向上。

他的生活中有了亲人、朋友、事业伙伴，各种赏识，各种质疑……还有终于敢于拥抱他的我。

今天来参加庆典的历届校友嘉宾不少，我和封信虽然坐在人群的角落里，但很快我就感觉到看向他的目光越来越多，远远近近都有一些小小的私语和友好的指点，时不时还有人越过人群和他打招呼。

从来没有享受过这种瞩目待遇的我有些坐立不安。

我沮丧地暗骂自己没出息，抱得男神归好像也不敢骄傲，反倒觉得自己做错了事似的。

正胡思乱想着，突然感觉到手被人拉了一下，封信示意我跟着他走。

然后，我们俩就自认为偷偷的，但实则是在大把观众的目光追逐下公然离场了。

我们一口气走到一栋教学楼里，才停下脚步。这个位置是教学楼的后门，不对着操场，我左右看看，又看看封信，傻傻地笑了起来。

他问我："笑什么？"

我小声地说："突然想起了你当年的样子。"

他思考了一下，不确定地问："让你肃然起敬吗？"

我摇摇头："让我垂涎三尺……"

话一出口，我就觉得应该咬舌自尽，一看他的表情，就觉得自己是个白痴。

果然，他露出一脸都不怎么想回复我的表情，直接开始爬楼梯。

越爬越眼熟。

直到站到四楼走廊尽头的那间教室门口，我才终于脱口而出："这是你当年的教室啊！"

对他的教室位置，我大概比对自己的教室位置更熟吧。

熟到有一次午睡后不清醒，直接闭着眼睛就晃悠着进了他们班的门。

虽然不知道那时他有没有在教室里，但已经基本坐定正在自习的学长学姐们对我一阵哄堂大笑，让我瞌睡全醒落荒而逃，却也够我窘上很久。

本来这样的乌龙在学生时期时常有人产生，我也不是唯一，所以我一直祈祷他不会记得那次的我。

但自从他表示自己记性很好很惊人后，我其实对过往的每一个自己都可能不太记得的黑点不抱什么希望了。

教室的门都开着，学生们全在下面的操场上参加庆典。

封信伸出右手来，握住了我的左手。

走进了他当年的教室。

忽然之间，空气就静下来了。

教室里有阳光从窗口投射进来，在灰色的地板上跳跃出串串金斑，风的味道，是干净而温暖的。

黑板上，有着上节课老师未擦尽的粉笔残屑，课桌上，各种工具书压着一摞摞雪白的复习考卷。

仿佛还能听见那些小声的嬉笑。

仿佛还能看见那些年轻的身影。

我喜欢的少年，温柔地牵住了我的手。

一时间，我们都静静的，不敢言语，仿佛怕惊扰了这一刻的旧梦。

“咦，那是什么？！”

我突然发现黑板上的异常，惊呼一声。

黑板上用粉笔写着一行字：云蔚雪喜欢龚奥鹏。

应该是女孩儿的字吧，清秀细致，不似恶作剧，因为每一笔都过分认真。

倒像是一场傻傻的表白。

封信轻轻吸了一口气，他回过头来，阳光染在他的头发上，让他的轮廓变得更加柔软温暖。

他用眼神问我：“你也想过这么干吗？”

我也用眼神回答他：“想过，但是不敢……”

笑容，像阳光下的海浪，漫延至他的嘴角、脸颊、眉梢。

他突然开口说：“程安之，幸好当年你没这么做。”

我一愣，呆呆地眨了眨眼睛。

也是，如果被表白的人根本不喜欢对方，会觉得很丢脸吧。

这样想来，突然有点儿难过呢。

封信静静地看着我笑，一直看到我鼻子发酸，假装转过身去看窗外。

然后，我就感觉自己从身后被轻轻抱住了。

他的呼吸轻轻拂过我耳边的碎发。

一只手捉住了我的右手，有一个凉凉的东西，迅速套上了我的无名指。

一枚戒指的中央，那团泛彩的光晕，像最美的梦，绽放。

“安之，幸好你当年没对我表白……把这个机会留给了我。”

终章

那才是我的人生里，第一次听到，
星星上的花。

“阿寻，你看，她和你扎着一样的蝴蝶结。”他笑着回头对妹妹说。

我终于见到了封寻。

少女的脸庞干净而乖巧，她露齿笑着，笑容甜美如同初生的蔷薇，柔软的头发在纤瘦的肩头形成小小的起伏，发间露出一点点耳垂，竟有些粉嫩透明的味道。

如果仔细看，还可以在她明亮的眼睛深处，依稀看出一点点调皮、一点点隐忍、一点点忧伤来。

这使她的美丽，有了几分难过。

明明是一模一样的面容，封信的脸让我心跳加速，而封寻，却让我想要拥抱落泪。

她一定很累。

所以，才睡了那么久，再也不肯起来。

我几次迟疑着，想伸手去摸那小小的相片里小小的脸，但却又不敢惊动。

空气里缓慢流动的香火气息，静谧而温柔，又有些刻板凝滞。

记忆里有什么东西被触动般，悄然间，仿佛已交换时空。

她若活着，应已亭亭。

身后传来轻不可闻的脚步声，我用力逼回眼里的酸涩，转过身，看到封信，正提着一个巨大的黑色旅行袋走来。

“跟我来。”他轻声对我说，拉起我的手。

我跟着他一直走到后院去。

后院有着巨大的香炉，我在一些大庙常见这种炉。有时香客来还大愿，就会有一根根巨大的香烛投入炉中，腾起的火焰仿佛可令心愿直达上天。

此刻，香炉里上一轮的火苗未净，虽然明火已经不见，但不时从灰烬里发出啪的一声脆响，反让人更加感觉小山间的安静。

此刻，暗暗闷闷地燃烧产生的温度混着八月空气里的隐隐热浪，在我的眼前形成了一种虚幻的视觉感。

空气里有一束一束若有似无的白色光柱，通向明晃晃的天幕去，像告别的灵魂离开人间的路。

封信放开我的手，蹲下身去，拉开那个大旅行包的拉链。

从里面拿出一样东西来。

一个星星形状的娃娃，有些旧了的粉红花布娃娃。

那娃娃有着笑成两弯月牙的眼睛，头顶上，还有个同色的蝴蝶结。

就在那一瞬间，有什么东西，疯狂地尖锐地穿过了我混沌的记忆，拨开了林海间的迷雾，撞破了尘土蒙袭的心墙。

“是封寻最喜欢的东西……这些年一直舍不得还给她，总觉得看到了有一点儿安慰，这次过来，决定烧给她了，她应该会高兴吧？”封信轻轻地抚摸着那个娃娃，语声温柔。

我的眼泪，像有了生命一般，争先恐后地坠下，一串一串，速度之快，几乎要挤破眼眶。

啊，那个娃娃。

那个女孩儿，和那个娃娃。

“安之？”一抬头，封信吃了一惊，他站起来，伸出手。

我猛地扑进他的怀里，紧紧地、紧紧地抱住他。

那一年，我九岁，若素八岁。

我们全家，在四月的一个周末出游。

山上的野花开成了片，像童话里的海。活泼可爱的若素摘来五颜六色的花，给妈妈编在头发上，引起父母一阵阵欢笑。

我一心想找到一朵最大最美的花，超过若素摘的，让妈妈也夸奖我，却不知不觉越走越远，渐渐远离了家人，迷路了。

我越慌越乱，越乱越慌。

童话一样的花海不见了，温柔和善的小山变成阴森恐怖的迷宫，小小的荆棘划破了我的腿和手臂，我开始哭。

我不敢大声地哭，只捂着嘴惊慌四顾。

不知哭了多久，听到一个脆生生的女孩儿声音，却不是若素。

“哥！哥！你看！我们捡到了一个可爱的小女孩儿！”

那兴奋的快乐的调皮的声音，像一道阳光，把眼前的迷雾之帘一把拉开，露出怯生生的我来。

抱着粉红色星星娃娃的女孩儿，在我面前弯下腰来，神气活现的大眼睛在我脸上扫来扫去。我难堪地躲着。

明明自己也是个小女孩儿，还说什么捡到了一个小女孩儿，真讨厌。我抽泣着想。

“你迷路了！”她可不管不顾我的心情，像发现了什么大秘密一样，肯定地权威地点了点头，用一根白嫩的手指指着我。

“阿寻，不要闹。”她身边的男孩儿把她拉开一点儿。

他们两个，长着一模一样的脸，非常非常漂亮的双胞胎。

我一时看呆了。

女孩儿还想嚷什么，男孩儿已经蹲下身来认真看着我，他应该比我大不了多少，但是却有着一种大人才有的沉稳气质，让人顿生信赖。

“阿寻，你看，她和你扎着一样的蝴蝶结。”他笑着回头对妹妹说。

那天，和我扎着一样蝴蝶结的女孩儿，像只快乐的小松鼠，在我身边打着圈儿逗我开心。

为了安慰我，女孩儿把手中一直抱着的粉红色星星娃娃给我搂着，她说这是有魔法的娃娃，抱着它就什么都不怕了。

星星娃娃柔软而安心，带着甜甜的香气，我爱不释手，心里竟然真的不怕了。

男孩儿一直在附近的草丛里不知道在寻找什么。

他们陪着我，不知过了多久，终于听到爸爸妈妈焦急呼喊的声音前来，哥哥才拉起妹妹和我告别。

“我们也该回去了，爷爷要生气了。”

“小女孩儿，我要送你一件礼物！以后我们就是好朋友了……”女孩儿嘟囔着，不甘不愿地挣脱哥哥的手。

我以为她要把星星娃娃送给我，没想到她突然一转身，从哥哥的书包里，抽出一本书来，把书利索地塞进我的手里，顺手把星星娃娃拿了回去。

“星星娃娃是我哥给我的宝贝，不能给你，我送你一本书吧！你知道星星上的花是什么样子吗？这是我最喜欢的故事哦，送给你。”她把书递给我，认真地说。

那才是我的人生里，第一次听到，星星上的花。

书的封面上写着：《小王子》。

多年后，在山间的小庙里，我紧紧地抱着封信，哭得肝肠寸断。

鱼的记忆听说只有七秒，那人的记忆到底有多长？

那天下山以后，我以为我会一直记得那个抱着星星娃娃的女孩儿，后来我也深深爱上了她送给我的书——孤独的小小王子爱着那颗星球上唯一的玫瑰，即使是死，他也要回去找她。

但是，我却忘记了封寻。

在后来那么漫长的岁月里，在我渐渐深入了封信的人生后，我竟然没有任何一个时间回忆起，原来我见过她。

我见过她和封信曾经最美好最相爱的样子。

那时候，我们的缘分已起，但前路茫茫。

“封信，以后，我会把封寻的那一份加上，更加爱你。”我泪眼婆娑地抽泣。

“傻瓜。”他不明就里地轻轻抚摸着我的头发。

“等我再哭一会儿，我要给你讲一个故事。”我上气不接下气地说，“封寻，我见过她……”

阳光偏移了方向，渐渐变得微弱，山里的晚风来得更早、更凉，轻易间已换天地。

蓝色的天越发清澈干净了起来，一朵朵云团显现出它们本来的轮廓，美好而悠然。

我怀着谦卑而感恩的心，看着这自然的美景，与封信十指相扣。

我轻声说：“封信，现在你幸福吗？”

他肯定地紧了紧手指，侧过脸，吻了一下我的额角，用世界上最温柔的声音对我说：“我们的故事，我来晚了，以后，我会加油。”

（完）

后记一：

【小王子】关于每个人的星球和花朵

2014 年的年尾，我终于完成了这个故事的创作。

翻翻《星星上的花 1》的稿件，发现上一个后记，写于一年前。

对不起，让你们久等了。

很多人开始的时候，都以为这本书，说的是两个人的故事。

安之和封信。

但是，在我的想象里，每个人生于世间，都仿佛拥有着属于自己的小小星球。

或许它小得只要搬动一下椅子，就可以在东边看到日出，在西边看到日落，但即使是这样，也会有一朵玫瑰为你的星球而悄悄开放。

最初的，唯一的，属于你的爱。

这就是我写作《星星上的花》真正要传达的意义。

在这本书里，其实有着许多人的故事。

彦一对安之的放手。

彦景城对朱雪莉的守护。

何欢对若素的理解。

七春对爱的迷茫。

唐嫣嫣走上的歧路。

姚姚和慕成东的误会。

李青蓝曾经的仇与后来的释然。

……

每一个人的故事，都如同一朵星球上开放的花朵，无论是笑还是泪，它们的共同性，都是在最初的心动里，用全部的生命用力爱过。

只是后来，在时间的长河里，有些人迷失，有些人放弃，有些人成全，有些人守护。

小王子或许再也没能回到他的星球，对玫瑰花的爱或许永远成了世间的传说，然而，这传说依然会年年月月在世间流传。

它是干净的，美好的，值得珍藏的。

就像每一个人的初恋故事。

因为从事的职业，我有过很多的机会，听到很多人的倾诉。

他们倾诉自己的爱情，很少有像封信和安之那样的圆满，多数都像朱雪莉，像七春，像李青蓝，像姚姚，像唐嫣嫣。

很多的眼泪、不甘、痛苦和迷茫。

但提起最初，每个人总有那么一瞬，面容温柔，闪闪发光。

也是曾经幸福过的，也是曾经天真过的，也是曾经爱过的呀。

那些后来被自己否定、嘲弄，一次次扒开心底伤口反复刺伤自己给世人看的举动，哪怕再被多少人称赞勇敢坚强理性，可是如果能够换回到最初的痴傻，大概，也都是愿意的。

最悲苦莫过于失去所有还变成笑话。

可是，可不可以换个角度看，哪怕失去，那也不是笑话？

不是笑话，你珍惜过它，它就是你星星上的那朵花。

记得那些美好过的，别丢弃它；记得那些温柔过的，别否认它；记得自己美好的样子，擦干眼泪再勇敢出发。

开始只有一种模样，而结局有千种万种，一生尚未定论。

最后，还是想感谢所有喜爱这个故事的读者，所有为这个故事等待了两年的人。

这本书，献给所有等爱的人，曾爱的人，得爱的人。

祝你们幸福！

后记二：

【你心向阳，方有日月】关于我写故事的一些私房话

小的时候，因为身体的原因，我和现在一样宅，别的孩子在阳光下疯跑的时候，我总是缩在家里看书。

家里并非书香门第，存书不多，各种人物传记通俗文学地摊旧书报刊杂志花花绿绿塞了一小书柜，我也不挑，什么都看。

渐渐喜欢上其中几本作家文集，他们用简洁的文字写自己的生活，如昨天遇见的人和事，今天的风和云，短短几句，温暖和俏皮就跃于纸间，让人读来嘴角不自觉弯起笑意。

生活原来可以这样美好，而小小的我那时是多么羡慕他们的生活呢！

明明门前也有树，草间也开花，但父母的争吵、生活的困顿、邻人的恶语……种种无奈都只让人感到沉重而难堪。

长大后，我也开始写字。

我是一个对命运始终心存敬畏的人。命运它何时何地在你的骨血里为你做了哪些伏笔，调整了你的哪些轨迹，其实无人可以参透。

所以当我开始写字，并被很多人喜欢和告之我的文章让她们感觉温暖时，我是惊喜的也是不安的。

我其实深知自己，一点儿都不温暖，少年时一度陷入消极悲观绝望的情绪不可自拔，虽后来被命运牵引来到新桃源，但始终敏感焦虑活在自己的安静世界无法融入主流人群。

我也不知道为什么大家会觉得我写出来的文字是温暖的。

我其实很怕有天会被人说这是一种欺骗，你明明和我们一样对未来惶惑，却不断地宣扬世界充满爱。

那段时间，有很多写作的人被拉下曾经的神坛，科技的发展带来颠覆性革命，无处不在的窥探让世界越来越透明，人们不再尊敬而是用大声嘲笑来调侃那些用笔创造了美好幻象的人。

我曾经很喜欢的几位作家也有在内。

他们有的散文是一片盛世祥和，有的小说是爱情指引圣经，但他们的人生在世人眼里却各有各的失败。

那些年少时曾经温暖过我的文字，很多都被说成是矫情和粉饰太平。

原来他们眼里看到的树，也一样落满灰尘；他们门前的小花，不仔细寻找也很难被发现。

有一天，我问一位尊敬的老师，这是为什么?

老师意味深长地对我说，同样的景色，因为看的人不同，当然会得出不一样的答案。

都是平凡柴米生活，有人记住了争吵，有人记住了笑颜。

原来，只是眼睛和心和选择不一样，哪里有什么欺骗。

后来，我终于开始心安。

我想我可以随意地写自己想写的故事，我的故事里也一样有欺骗、有抛弃、有分歧、有罪恶，但若有人流着泪仍感觉温暖，那便是温暖。

就像我所钟爱的“星星上的花”这个主题，我一直觉得它并不是代表圆满，它代表的是对圆满的向往和希望。

喜欢我的书的读者，我私心里一直认为，一定都是有着非常美好安宁的灵魂的姑娘。

因为我不善交流的性情，在这个自媒体当道的时代，我却很少通过各种社交工具与我的读者做直接交流。

很少去贴吧，不常更微博，没加过任何读者 QQ 群，也没有申请过公共微信。

但多年来我的读者一直稳定，且安静等待。

有几个姑娘，365天风雨无阻地在私信里给我发每天的心情，语气温柔又亲密，每天看到她们发来的晚安，我也会在心里默默地回复晚安。

虽然相交如此之淡，我却相信，我们都是内心向阳的人。

内心向阳，这大概是世界上最美好的本领。

它让我在看到阳光时想到温暖而不是暴晒的焦躁；它让我在雨天想到浪漫而不是被浇湿一身的恼怒。

它像魔法一样无声无息地进入了我这些并不够完美和成熟的文字里，然后感染了和我一样的人们。

我们什么都没有说，但好像又什么都说尽了。

在《星星上的花2》之后，2015年我还有两本书会上市。

一本是之前出版过的爱情主题短篇小说集《小情书》，因为上一本合同到期，所以做了一些修订调整，推出了全彩插图新版。新版的全名是《小情书·彩虹》，在视觉设计上有一些很美丽的突破，内容上 加了一个叫《彩虹》的中篇小说。

另一本是在我历年写过的所有小说里，我自己最喜欢的一个中篇，《我们的青空》推出了单行绘本小说。

这两本书应该都会在今年上市，希望大家会喜欢。

另外，2015年还有一个写作计划，提前和大家汇报一下。6月左右开始，我会在一本我参与策划主编的文学杂志上开设一个新的小说系列，这本新杂志的名字叫《花信》，我新开的这个小说系列也是同名，会以每期一篇以二十四番花信风为主题的小说形式，和大家见面。

“花信”这个概念，是中国古代开始，按节气分，从小寒至谷雨，共一百二十日，有八个节气，以每五日为一候，计二十四候。古代智慧而诗意的人们，在每一候里开花的植物中，挑选一种花期最准确的植物为代表，应一种花信，称之为“二十四番花信”。

整个春天，此花开过，彼花应和，万物新生，希望萌芽。

是不是很像我们最美丽的年华？阳光正好，花朵正美，檐下风铃轻响，我们爱的人，都在身边。

我以“花信”为主题写的这二十四个短篇小说，希望也是你最清新柔软的初心。

说起杂志，其实是很多人接触到我的文章的一个重要平台，我自己也曾经是多本畅销青春杂志的策划人，对这种如同野花一样安静地开在世界每个角落里，却执着而精妙地传递着温暖的文字沟通的阅读形式，怀着深刻的感情。

因为前几年反复生病的缘故，我很长一段时间没有再参与杂志的策划和编辑工作，今年身体有所好转，于是又在朋友的鼓励下萌生了新的创作冲动。

希望大家方便的时候，能在各自所在地的书报亭向老板询问一下这本杂志的上市消息，可以说明是《飞霞·星星花》杂志社的新刊，会有助于它顺利地到达各地和大家见面。

在这里深深地感谢大家，我们不见不散。

祝你们快乐，天天开心！

烟罗

2015年1月9日

愿有一天，这星球上所有为爱而生的伤痕，皆被治愈。

那漩涡，缓慢静默，如同一场幻想电影，仙女、彩色海藻和小人鱼都转动着、转动着，一切美丽而充满诡异。海面上的少年驾着白帆，即将远航，但那暗处的漩涡却想将他拖入海底。

虽非本意，但已阑珊。
只是人最初的那点儿执念，始终如暗夜之灯，在角落里带来些许安慰。

这世间，一定会有一人，比你的生命你的尊严，还要重要。
你的冤屈，你可以淡然一笑，他的冤屈，你却如烈火煎熬。

在那样仿佛天地倾覆的闹剧里，他仍然沉静得像一棵树，让人心里疼得狠狠地揪了起来。
人们常以为静者无情，却不知最静的人往往最痛。
他的表情里，没有愤怒，只有悲伤。

当日那树，已经亭亭，当日那云，流过四季，而当日那悲伤少年，眉间却依然阴郁。
我盼他终有一日看见明媚的光，却只在他眼里，见到冰冷恐慌。

有些人，在他出发的时候，他就已经知道，他的目标，是有一天死在路上。没有开满鲜花的幸福终点，也没有牛羊成群的温暖草原。但，约好了方向，还是要走的。爱情有时候，也是一种义气。

我一直相信世间唯有两种感情，能给人以苦当歌的勇气。
一是父母对孩子，一是与他相遇。

我竟然没有想过，有一种人，骄傲如他，在受伤的时候，也能强忍疼痛，不出一声。
他确实是我的发光少年，只是他的发光，不过是笑着忍痛。

在我们终于相遇以前，我们都是孤独地生活着。有时一个人看云，有时一个人看树，有时唱歌。也许时间漫长得你以为那场命中注定的相遇再也不会发生。

封信于她，是一场绵延的大雨，她深深淋透，从身到心感到寂寞荒凉。
而这个人于她，是一柄带血的剑，她从一个骄傲天真的少女，变成一个失心妇人，就是从他对她的一剑挥来开始的。

我笃信着这片海的蓝，却不知道海有多深。
我空有一身殉葬之勇，却没有探宝之慧。

突然间，他把这答案，无情地祭在我的面前。
看似平静，却残忍得仿若挖心。

难得一见的冬日暖阳照在他瘦削但宽阔的背上，他的侧颜安详温和，那些字句，只像是他任何一次普通的问诊，心怀慈悲，细致温柔，而周遭的恶意都不在他的眼中。

你爱的人，给的幸福，才叫幸福；不爱的人，给了一生，也不过是场转眼就忘的梦。

无论人间多少变迁，这月色依然如年少时那样宠辱不惊，安静恬然。
而对于人类来说，天一样大的烦恼，在时间的星河里，不过是一颗小小的尘埃。

这些年，我从南走到北，从北走回南。我见过许多的人，也见过许多城市的天空与月亮。
但是，没有一个人，让我觉得这样好看心动，也没有一处月色，让我觉得像他头顶的那片那般干净温柔。

或许是错误的答案，但绝不是不堪的答案。

那些星星，在远远的天河里发着光，看似遥不可及。但因为它们的存在，我们才会在漫长的旅途里，每一次抬头，都心知家的方向。希望从不消亡，它只被放弃。

我感觉自己正站在那个世界的大门前，看不见蓝天晨光，感觉不到清风花香，只看到门里渐渐隐没于黑暗的他，身影无助而决绝。
我想要再次伸手拉住他，却害怕自己一旦跨入，也终无法回头。

爱上一个人，大概就是怕他的城市会下雨，怕他的城市下雨时他却没有带伞，怕他没有带伞时，自己不能及时赶到把伞送去。

一圈一圈，一圈又一圈。
无论走得再远，圈圈总能带你回到最初的那个点。
她是他和姚姚，命中注定的那个渴望圆满的圈。

曾经天真过的姑娘，曾经倾心过的恋人，就算走到了不同的路上，渐行渐远，能在彼此的身影即将消失在视线的时候轻轻挥一挥手，总好过把一切击成粉碎模样。

人的善和恶，功和过，又哪里能够分得一清二楚呢。
不过是别人的故事是故事，自己的故事是人生罢了。

从她向他露出第一个笑脸开始，他以为自己不再是个笑话，可是，有些人的悲剧，就在于他不想当个笑话。

这一身白衣，如死般寂寞，他赤足而行，脚下血莲盛放。
哪怕千百步的成功，只要有一步失败，就可能被荆棘刺穿心脏，万劫不复。

不要在太阳升起的时候，遥想它落下时的悲伤；不要在雪花飞舞的美景中，为它来日的消融而哭泣。在我们相信爱的年纪，不要害怕失去和分离。

有时看天，有时看云，有时在人群熙攘中淡然，有时在意气风发里坚定。
他清楚自己要去的方向，也不畏惧人言的干扰带来迷茫。

【童话的结尾：
非常非常隐秘的小彩蛋】

安之和封信婚后番外一则

他的手指像弹钢琴一样优雅轻柔地从她的发间慢慢滑过，激起她全身的颤抖。

安之和封信结婚后，小两口和爷爷住在一起。

每天早上，爷爷总是会提前起床，给他们做好早餐，守着他们吃完，然后封信按时去医馆，安之留在家里画画。

一开始，安之非常惶恐，觉得让八十四岁的老人替他们做早餐实在不孝，可封信安慰她说，这是爷爷每天的乐趣之一，她只好忐忐适应。

但爷爷有一个习惯总让她有些奇怪。那就是每天守着他们吃完早餐后，爷爷会笑眯眯地给他们分别搭个脉。

“爷爷，我没哪儿不舒服呀。”有次，安之终于眨巴着眼睛弱弱地说。

爷爷顿时把脸一拉，胡子吹起来：“你舒不舒服我比你清楚！晚上早点儿睡！早上不要起那么早！”

安之总觉得这句话好像隐隐有哪里不对的样子，但又想不出来。

她转脸眼巴巴地看向封信，后者正优雅地喝着牛奶。

看她像小狗一样瞅着自己，封信笑了笑，云淡风轻地向她解释说：“爷爷的职业习惯使然。”

安之“哦”了一声，不再细究，心里想，不知道封信有什么职业习惯。

就这样过了一个多月，爷爷按照很早前就定下的安排，回老家探亲小住一段时间。

爷爷的老家就在邻县，开车不到两个小时，因为年轻时行医的缘故，爷爷多年来在家乡有着神一般的地位与人气，近年来虽然同辈的亲戚朋友已经有不少相继作古，但也有一些依然精神矍铄，每年总要邀请爷爷去小住些日子。

爷爷不在家的日子，早上没有人给他们做早餐，也没有人按时给他们俩搭脉了。

搭脉这事可省，但是给每天辛苦出门工作的封信做早餐这件事，安之是下决心要接过爷爷的接力棒漂亮完成的。

但是第一天，她就失败了……

第二天，第三天，相继失败了……

封信每天都是抓一盒牛奶踩点上班，她更是日上三竿才爬得起来……

第三天晚上，封信刚刚下班踏进家门，正围着围裙忙活晚餐的安之就义正词严地宣布，今天晚上她有个任务要赶，就是说，要加班。

封信非常体谅地点头,加班是很重要的,加班是很辛苦的,他是很理解的。

吃过晚饭散完步，安之就飞快地跑进书房加班了。

画着画着，她就感觉封信迈着长腿优哉游哉地走了进来，偷眼一瞅，已经端着茶杯拿着书在她侧面的沙发上坐下了。

安之一边画，一边忍不住偷瞄他，只见他气定神闲地靠在沙发上，修长的手指偶尔翻动一下书页，长长的睫毛微微垂下，白色的棉质家居服随便系着带子，胸前露出一小片的结实胸膛令人无法正视。

这这这……这也太秀色可餐了！

安之觉得自己抵制诱惑的心情有点儿悲壮，她在心里不断地提醒自己，要加班，要加班，但是手下画了半天，定睛一看，笔下的美少年竟然已经变成封信的脸，胸前衣扣还大开……

默默泪奔之后，安之可怜巴巴地小声和封信商量。

“封信，你去卧室看书好不好？”

封信慢悠悠地摇头：“不行。”

“为什么？”安之在内心呐喊，你这样坐在这里，我还怎么加班！

封信含笑看了她一眼，优雅地换了一下姿势，让自己靠得更舒服一点儿。

“因为……我也要加班。”

“你要加什么班？”安之不解。

本来她说要加班，就是想避开和他一起入睡的时间，这几天爷爷不在家，他快把她累死了，而且，她更怕他自己累坏……

封信幽幽叹了一口气。

他意味深长地看着她。

“今天有今天要做的事情，每天有每天要做的事情，如果没有做完，就要加班啊。”

安之被他加班来加班去一绕，有点儿发愣。

他的意思是……

半晌，安之突然顿悟，脸红得像煮熟的螃蟹一样跳起来。

单身了这么多年的男人，到底储蓄了多少能量啊……

“不加班了？”封信眼疾手快，一把把准备夺门而出的人拉进怀里。

安之把滚烫的脸深深埋在他的胸前，死也不肯抬起来。

“不加了……回卧室睡……觉……”

听到怀里的人几不可闻的声音，封信眼里的笑意更深了些。

“其实书房，也挺好。”

于是，后一天的早晨，安之还是全身酸痛没能提早起床给封信做早餐。

安之的早餐计划，就这样次次泡汤了。

半个月后，爷爷回来了。

爷爷回来后，又开始给他们俩搭脉了。

安之非常不安，她担心爷爷看出什么来……

她简直不明白为什么她这个每天在家工作的人都累个半死，天天去上班的那个人却毫无倦色，每天依然能够按质按量完成“该做的事”。

当爷爷的手指搭到封信的手腕上时，安之偷瞄老人家的脸色。

几秒钟后，老人家……喜笑颜开……

晚上，安之忍不住再次问封信，爷爷早上为什么那么高兴。

封信摸着她已经快要齐腰的长头发，说：“爷爷想要抱孙子了。”

安之窘道：“是想要搭喜脉吗？那为什么还要给你搭？”

封信低低地笑起来。

他的手指像弹钢琴一样优雅轻柔地从她的发间慢慢滑过，激起她全身的颤抖。

“爷爷给我搭脉，大概，是想看我有没有努力吧……”

安之“啊”的一声惊叫还没完全出口，就已经被封信打横抱起了……

一个月后，安之怀孕了。

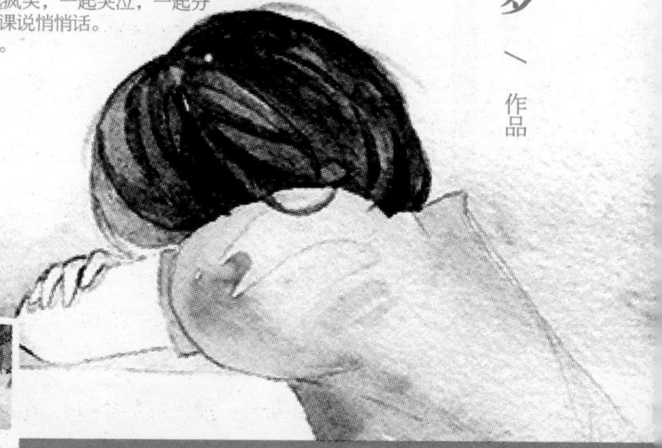

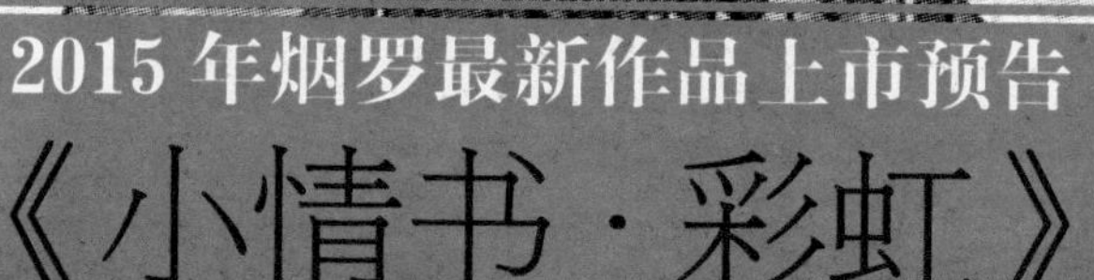

烟罗／作品

（上市封面以实书为准）

【致我们一生中最初的沉沦】
想说喜欢你
想陪你看流云
想天长地久
想至死不渝

《彩虹》内容简读：

半夏，她穿着长及脚踝的裙，站在酒店的一扇落地窗前，目不转睛地盯着陆陈风的身影。
陆陈风保持着那个姿势坐在观景台上两小时未动，她也站在窗前两小时未动。
那个从十七岁起出现在她生命里的王子，带着骄傲的姿态指点着她的希望和未来，然而又忽然离开，留下她面对一地的碎片，流血凄惶。

她永远也不会忘记，那个梦还未醒的早晨，他突然出现在她的村口，他那么整齐干净、骄傲美好，所有早起的村人都只能仰视。
而他，却径直走到她的小屋门口，在海面初升的第一缕金色阳光里，拿出那枚如同海的眼泪般美丽的戒指，欲套在她的指上。
头一天他还在对她说，跟我走，明天下午一点的飞机，我会在机场等你。
然而初爱的少年是如此急切，一天的时间，都等不及，竟然买了戒指，寻到她的渔村。
多么像后来的周全。

可是就是那一刻，她看到了命运的狞笑。
她的童话，在初起的海日里，在村人如刀的目光中，如花瓣点点碎裂，甚至来不及吐露一缕芬芳。
他的戒指，就那样停滞在空中，离她咫尺，却是生命里永不可靠近。

2015 年 8 月上市，全国各大书店报亭有售
全国各大书榜五星畅销年年加印，2015 精心修订全彩新版
新增万字中篇《彩虹》

STAFF/制作团队

大鱼文学工作室

【总策划】

莫 峻

【副总策划】

廖 妍

【文字编辑】

何亚兰

【视觉设计】

刘 艳

【版权和媒体运营】

赵婧（zhaojing@dayubook.com）

【封面绘制】

Bird

剪下此积
分有效